不器用で

ミシダ

角川書店

不器用で

目次

遺　影

八月二十九日、金曜日。中学生活初めての夏休みは後三日を残すだけになった。防砂林の脇の国道沿いには潮と排ガスでベタつく海風が吹き抜ける。煮出した紅茶色をした夕陽が僕たちの右頬を照らし、同時に顔の上に深い影を作った。ショッピングモールに遊びに行った帰りだった。

頭髪を短く刈り込んだリュウが、その豆電球みたいな頭を後ろにひねって振り返り、小さな暖色の明かりがふわっと灯《とも》るように笑った。

「じゃあユウシはアミの遺影を作る担当な」

僕を挟むように並んでいたコウジとタケルはイェーイと言いながら手を叩《たた》いて囃《はや》し立てる。

「始業式の日に間に合わせろよ」

そう言った時には、リュウはもう前を向いて歩いていた。僕の返答を待たずして、合意なく会話は進んでいった。僕は真顔のまま、二人に少し遅れてイェーイとだけ繰り返した。それ以外を口に出すことは許されないように思われた。夕陽は防砂林を焼き尽くすように沈んでいった。

日が暮れた頃、三人と別れて家に帰った。僕の家は八号棟まである団地の五号棟にある。花壇のある煉瓦《れんが》造りの広場の周りを五階建ての建物が車座に並んでいる。国道沿いの入口から最も離れたところにあるのが五号棟だ。建物から外に迫《せ》り出すように作られた鉄骨を組み合わせた外階段は、吹き付ける海風で錆《さ》びないよう過剰にペンキが塗ってある。原液のブルーハワイみたいな安っぽい青。階段を上ると一面灰色の外廊下が左右に広がっている。一番階段から近いところの家のドアには手榴弾《しゅりゅうだん》のような錠が付けられていた。以前は腰の曲がったおじいさんが一人で住んでいた。この手榴弾のような錠が付けられるのは空室の証《あかし》で、きっとここにもまた新しい住人がやってくる。二階に住んでいる金髪のお兄さんみたいな人じゃなければ良いなぁとぼんやり考えている。僕の住む部屋の一つ手前にある411号室の家の前には大量のビニール傘が紐《ひも》にくくられ、立てかけられている。夏になるとそのビニール傘の内側に溜《た》まった腐った水に、ボウフラが湧く。毎年のことだった。部屋の前に着き、鍵《かぎ》を取り出そうとリュックを探っていると、ドア越しに僕の気配に気がついたのか、母が鍵を開けてくれた。

「おかえり、ユウシ」

「ただいま」

夕飯の支度の途中だったのかエプロンを着けたままだった。僕が小学五年生の頃、家庭科の授業で作ったエプロン。迷彩柄に英語の筆記体でプリントが入っている。せっかく作ってくれたからと言って母は大事そうに使い続けている。新品を買えば良いのに。古くて汚いエプロンで作るご飯は不味《まず》そうに思える。ベランダの方を見ると薄いレースのカーテンの奥に煙を吐く父が立っていた。

「サエコとタツニイは？」

「サエコはそこで寝てるでしょ」

二つ歳の離れた姉のサエコは、イヤホンで音楽を聴きながらソファーにうつ伏せに寝転び、アイスのプラスチック容器を咥《くわ》えていた。

「タツヤはバイトだから、もうそろそろじゃない？」

リビングの隅に置かれている立ち枯れた木のようなポールハンガーに自分のリュックを掛ける。ソファーは姉が占領しているし、まだ夕飯の出ていない食卓につくのは無言の圧力をかけるようで憚《はばか》られた。カーペットの敷かれていない床に座る。遺影を作るには、まず何が必要なのか考えていた。僕はまだ葬式に行ったことがない。実物の遺影なんて見たことがなかった。遺影を作れっていうのは額縁を用意しろということなのだろうか。

考えているうちに僕は床に仰向けになっていた。しばらくすると、外廊下から微《かす》かな振動が伝わってきた。振動は徐々に足音に変わり、ぴたりと止まった。母はドアを開けには行かなかった。タツニイと母は最近少し険悪らしかった。タツニイは大学受験のせいで反抗期が終わらないらしい。父にそう愚痴っているのを何日か前に耳にした。

踵《かかと》を擦り合わせるように靴を脱ぎ、廊下を抜けリビングに入ってきたタツニイは誰に向けて言うわけでもなく、ただ部屋の空間に「ただいま」とだけ言い捨てた。母は僕が帰ってきた時とは明らかに違う態度で、料理をしながら目線を動かすことなく声のトーンだけを取り繕い、おかえりと呟《つぶや》いた。ベランダの方を見ると手すりに腕を乗せて外を覗《のぞ》き込むような姿勢で携帯を耳に当てる父が見えた。

タツニイはリビングから自分の部屋に入っていった。サエコとタツニイには自分の部屋がある。あるといっても部屋は共用で学習机が二つ背中合わせに置いてあるだけだ。寝そべっていた僕は立ち上がり、タツニイを追って部屋に入った。

「タツニイ、スマホ貸して」

「スマホで何すんだよ」

タツニイはポロシャツを脱ぎながら答えた。ぶっきらぼうな返答だけど、こういう喋《しゃべ》り方がタツニイの中で流行《はや》っているだけで悪意は感じなかった。

「調べ物したいだけ、すぐ返す」

「YouTubeとかあんまり見んなよ」

そう言ってスマホについたコードを引き抜いて僕に手渡した。タツニイはいつもスマホを貸してくれる。小さい画面を僕の前に差し出して面白い動画があるとよく見せてくれた。家族で僕だけがスマホを持っていないのを憐《あわ》れむようでもあった。

「ごめん、ありがとう」そう言って部屋を出た。床に座り直して小さな液晶を人差し指で撫《な》でる。ほんの少し立ち上がっていただけなのに、僕の体温の痕跡《こんせき》はもう床からさっぱり消えていた。

『遺影　作り方』で検索すると、遺影用の写真を作ってくれるカメラの会社のホームページや葬儀会社の遺影に関するＱ＆Ａを載せたページが一覧に表示された。アミの写真なんて一枚も持っていないし、そもそもこの大きさの写真をどうやって用意すれば良いのだろうか。次に『遺影　額縁』で検索するとショッピングサイトの画像が横並びに映し出された。写真の入っていない黒い額縁が横に三つと半分並んでいる。死のにおいがしない清潔な額縁だ。どれも二千円くらいだったが、僕にそんな大金の持ち合わせはないし、ショッピングサイトも使えない。

「じゃあ遺影ってどう作れば良いんだろ」そう一人で小さく呟いたけれど、なんで僕がアミに遺影を作るなんて酷い仕打ちをしなければならないのか、まず考えなければならない気がした。けれど考えるのも億劫《おっくう》だった。キッチンにいた母は僕の独り言を聞き取りきれなかった様子で、眉《まゆ》をふわりと持ち上げて目を見開きこちらを見ていた。
スマホに目を移すと充電が切れたのか、縦長の四角い暗闇の奥に表情のない僕の顔が映っていた。

アミは僕と同じ一年一組のクラスメートで背が低く、カールがかかった真っ黒で重そうな髪の毛を肩まで伸ばしている。きっと目が悪いのだろうけれど、コンタクトを着けているふうでもない。いつも前の方の席で黒板を睨《にら》み付けるように見ていた。僕はアミの顔をちゃんと見たことがなかった。いつも僕よりも前の席に座っているし、黒板を見る以外は常に下を向いている。クラスメートの中に誰か特別親しい友人がいる訳でもないらしく、声もちゃんと聞いたことがない。授業中先生にあてられたアミは英文を音読していたけれど、顔を教科書で包むように密着させ、緊張のせいか肺が押し潰《つぶ》されたようなか細い声だった。中年の英語の先生はアミが読んでいる途中にもかかわらず、はい結構とだけ言って黒板に向き直った。アミは座って良いのか分からず、先生が指示代名詞を用いた例文を書いている間もしばらく立ったままだった。アミの声を聞いたのはあの一度きりだった。けれど、あれはきっとアミの本当の声ではないのだろう。幼い頃、公園で捕まえたバッタを掌で覆うように握ったことがあった。理不尽な暴力に弱り果てたバッタが掌の中でキュッと鳴くのを聞いた。あのときのアミの声はそういう音だったように思う。

アミが虐《いじ》められるようになったのは、中学一年生になってすぐの頃だった。まるで他人事《ひとごと》みたいだけど、虐めているのは僕だ。僕を含めリュウを筆頭にしたグループが虐めている。アミと僕は同じ学区に住んでいた。小学生の頃、学校の近くに変質者が出たか何かで集団下校になった時、同じ帰宅グループに分けられたのをうっすらと覚えている。アミは僕と同じタイプの人間だ。僕は明るいし、成績も良い。部活もちゃんとやっている。一見すると似ても似つかないけれど、根本が同じなのだ。運がなかった。不幸なくじを引いてこの世に生まれた。そこだけは共通していた。大人がどれくらいの金を稼げば、子を持ち親になれるのか僕には分からない。けれど、僕の親もアミの親も程度の差はあれ、貧しいのだ。

明確にアミの存在を認識したのは中学の入学式だった。教室に集められ、皆慣れない新品の制服に、着こなしが正しいのか分からず不安そうな身体を窮屈に押し込んでいた。僕とアミだけはまるで部屋着のまま登校したように緊張感がなく見えた。古い制服は生地の表面にある産毛のような細かな繊維を全て失っていて、蛍光灯の光をテカテカ反射する。兄姉の使っていたお古の制服を着ることはよくあることなのだろうけれど、僕のは同じ団地に住む父の知り合いから兄が譲り受けたものだった。ブレザーの袖口《そでぐち》は糸がほつれていて、手首を締め付けるように絡んだ。前についている二つのボタンはよく見ると、皆が着ているものとはデザインが違っていた。僕だけが未来に向けて歩み出す資格のない人間だと名指しされているように思えた。そしてそれはアミも同じだった。

僕は入学初日にリュウと仲良くなった。リュウは僕の後ろの席に座っていた。野球のクラブチームに所属していて、入学式にもかかわらずパンパンに膨らませたエナメルバッグを床に乱雑に置き、通路を塞《ふさ》いでいた。担任の自信なげな若い女の先生が自己紹介をしている間、リュウは僕にずっと話しかけてきた。気持ちの緩みがリュウを中心に教室全体に広がっていき、雑談の声がどんどん大きくなった。まるでリュウが号令をかけて、指示を送ったみたいだった。コウジとタケルは他のクラスに居たのだが、リュウが子分のように連れていた。小学生まではリュウと同じリトルリーグのチームに所属していたらしかったけれど、二人は中学の軟式野球部に入部することになっていた。なぜリトルリーグからの友人の輪に僕の居場所が出来たのか未だに分からなかった。

僕はずっとアミが気になっていた。同じ境遇にいるであろうアミが誰と友達になって、どんなことで笑うのかを知りたかった。けれどアミは友達らしき友達は一人も作らず、クラスでも地味な女子の輪に居ても居なくても何ら変わりない距離感でくっついているだけだった。テストのたびに発表される高得点者に名前があがることもなかったし、何か部活に打ち込んでいるというような覇気も感じられない。僕はアミを腹立たしいと思うようになった。貧乏なはずのくせに、特に人より努力していない、あくまでその他大勢の生徒の一人というような態度が面白くなかった。

「お前、いつもアミの方見るよな。ブス専なんだろ？」

新生活の特別感が薄れ始めた五月の頃だった。国語の授業が終わり、リュウは突然僕を茶化すように言った。額からこめかみにかけて圧迫されて出来た細かな線が刻まれている。

「ブス専じゃないよ」

説得力のない返事だった。僕はそんな風に人を貶《おとし》めるような言葉遣いに慣れていなかった。そういう粗暴な友達はリュウだけだ。

「ブス専はな、自分はブス専じゃないって言うんだよ。だってブスが可愛く見えてるんだからな」

リュウの指摘は変に鋭かった。これ以上言い淀《よど》んでいればブス専と認定される。そしてなによりアミに恋心を抱いていると言いふらされる危機感から、僕は咄嗟《とっさ》に、

「アミの家って貧乏だろ、好きになる訳ないよ」

そう口をついた。確証はなかった。制服が僕と同じようにへたっているというだけの直感だった。

「マジで？　アイツ貧乏なの？」

「うちも人のことあんま言えないけどさ、アイツの家めちゃくちゃ貧乏だよ。だって、給食費払ってないもん」

僕の家は給食費を払っていなかった。だからそう思ったのだ。父はどうせタダだから学校でいっぱい食べてこいよといつも僕に言う。きっとアミもうちと同じだと思ったのだ。

「マジかよ、オレ達がアイツの食う飯の分も払ってるってことかよ。サイテーだな」

リュウはまんまと僕の口車に乗せられ流された。勝ったと思った。

リュウは拳《こぶし》をアゴに当てて、いかにも考える人、といったような仕草をしばらく続けた後、

「アミがどれくらい貧乏なのか確かめに行こうぜ」と言い出した。

思ってもみない方向に話が進み出して、僕は表情が上手《うま》く作れなかった。鼻の横あたりの小さな筋肉がピクピクと震えているような気がした。僕がそれ以上何を言ってもリュウは聞かなかった。不運にもその日はクラブチームの練習がオフだった。

帰りのホームルームが終わるとリュウはすぐに教室を飛び出し、子分二人を連れ立って戻ってきた。アミが足が無い亡霊のように教室から外に出て行くのを見届け、リュウは、

「それではこれよりナガオアミの尾行を開始する」と言って敬礼した。階段を下りるアミをリュウが目視で確認しては、僕達も少しずつ進む。昇降口にアミが到着すると、リュウは少し離れた床に這《は》いつくばって下駄箱《げたばこ》の下からアミの足を見ながら、まるで犬を制するように平手を突き出した。リュウのGOサインが出ると僕達も急いで靴を履き替え、外に飛び出す。探偵ごっこに酔った三人は姿勢を低く保って走り、僕もそれに付いて行った。尾行されていることも知らずに歩くアミを僕達は追った。後ろから見るアミはまるで首を刎《は》ねられた人が歩いているみたいだった。きっと僕の後ろ姿もそうなっていたのだと思う。リュウの蛍光オレンジのスニーカーの動きだけを目で追って歩いた。しばらく付いて行くと僕の団地にも程近い急勾配《こうばい》な坂に差し掛かった。見通しの良い坂の角に隠れながら僕らも進む。坂を登り切るとまるで知らない街の片隅に置いていかれたような錯覚に陥った。その通りの並びにある家の前でアミは立ち止まった。錆びたトタンがまるで生き血を吹き付けたような小さなあばら屋。僕は大変なことをしてしまったと思った。自らの腹を裂くような気分だった。アミがその家に入っていくのを見届けると、リュウは両隣に居た僕とタケルの肩を支えに何度も跳び上がり、

「ほんとだったんだ。すげぇ」と未知の化石を掘り当てたみたいな顔で喜んだ。

リュウに目の前まで行って見てみようと言われ、行ってみると、車道にはみ出しているのではと思うほど敷地ギリギリまで壁のある二階建ての家だった。ドブ川をさらって

川底から出てくるようなボロボロの自転車が三台壁沿いに置かれていた。二階の窓を見ると網戸は破れ、窓枠に付いた手すりは部屋の中から体重を浴びせかけたようにひん曲がっている。木枠にガラスが張られた引き戸は割れた箇所をガムテープとボール紙で留めてあった。団地に住む僕でさえ哀れな家だと思った。リュウがスマホで写真を撮っていると、子分の一人のタケルが急に「おわっ」と声を出すので、駆けつける。二階の小窓。使い古したぬいぐるみみたいな毛並みの猫が一匹、まんまるな目でこちらを覗いていた。僕達は監視カメラに映ってしまったような気持ちで、慌てて走って逃げた。

登ってきた坂を呼吸する間も入れずに走って下った。

次の日の三限と四限の間にある少し長い休み時間、トイレに行こうと席を立った僕の前をガタイの良い坊主頭が風を切って横切り、無害そうに座るアミの席の隣に立ち止まった。

「お前給食費払ってないんだろ」と教室の全員に聞こえる声で言い放った。アミは何も言葉を発しなかった。何もない机を見つめる視線も動かさなかった。クラスメートは全員静まり返り、聞こえるのは廊下に響く無邪気な女子の声だけになった。

「は?　なんで無視すんの。おい、貧乏人」リュウは小さいけれど圧の強い声で言った。アミは無言で席を立ち、近くの机に身体をぶつけながら教室を出ていった。前髪で隠れていたけれど泣いているのだと思った。リュウの言葉に僕だって泣いてしまいそうだった。アミは次の数学の授業が始まっても帰ってこなかった。もう二度と教室には戻ってこないのではないかと思ったけれど、授業の終わりかけに戻ってきて席に着いた。僕の後ろに座っていたリュウが僕の背中をシャーペンでトントンと小突き、小さなメモを渡してきた。見ると『タダ飯食いに戻ってきた（笑）』と書いてあった。

その日から休み時間が来るたび、リュウは悪戯《いたずら》半分のいきすぎた中傷をアミに浴びせた。「お前みたいなのは兄弟多いんだろ、どうせインランな母親から生まれたんだろうな」だとか『必要ない人間ランキング』なるものを黒板に書き、死刑囚の名前とナガオアミの文字を一緒に並べた。教室内ではその時間を自習時間のように使って無関係を声なく主張する生徒と、テレビでバラエティ番組を観るかのように娯楽として享受する生徒に自然と分かれた。僕はリュウの顔色を見て態度を合わせていたけれど、心はどんどんと濁り弱って行った。もういっそアミが学校に来なくなれば良いのにとさえ思った。虐めはずっと続いた。先生は把握しているのか、していないのか分からなかったけれど、一学期の間、事態は何も変わらなかった。リュウにスマホを見せられると、一年一組のＬＩＮＥグループの背景にはアミの家の写真が使われていた。そして一学期の終業式、朝学校に行くとアミの机に花瓶が置かれていた。担任の先生は学年主任のおばさん先生を連れて教室に来ると、犯人捜しはしたくないが、二度とこんなことはしないように、皆さんは優しいから大丈夫だと信じていますと逃げ腰の注意をして、夏休みの宿題を配りはじめ、何事もなかったようにホームルームは終わった。そして夏休み明けの始業式、今度は僕が遺影を作り、アミの机に置くことになったのだ。

僕は両親のことを嫌いだと思ったことは一度もない。父も母も僕に対して優しかった。けれど僕の人生に不当なハンディキャップとして課されているのは両親だ。好きであればあるほど、金のない両親の姿は辛《つら》く惨めに思われる。父がどんな仕事をしているのか僕は詳しくは知らない。けれどいわゆるサラリーマンとかそういった類ではなかった。泥だらけの服を洗濯機を使わずに風呂場で手洗いしている父の背中を見てそう思っている。母は給食を作るパートに出ている。朝早く出て夜に泥だらけで帰ってくる父も、指に切り傷が絶えない母も朗らかで働き者だった。ただ、働けども働けども、父と母には知恵がなかった。金の心配をかけまいと、僕はサッカー部に入った。小学生からサッカーは好きだった。けれど本当の理由は兄がサッカーをやっていたので、靴や練習着に金が掛からないからだった。僕が、タツニイが、サエコが気を遣っているなど、両親には微《み》塵《じん》も頭にない。ゲームセンターに行って、クレーンを動かす友達の背中を眺める僕の気持ちなど理解していない。みんなでマクドナルドに行って、誰より薄いハンバーガーと水を頼む僕を知らないし、知ろうともしていない。父も母もいまだに子供は野を駆けているものだと本気で思っている。スマホのない僕がＬＩＮＥグループに入れていないことが一大事であるなど思いもしないのだ。子供を思いやる知恵がない。金のない生活は当然辛いが、両親の経済状況を窺《うかが》いながら生きる方が僕には辛かった。今この状況にある僕を慮《おもんぱか》ることのない両親が憎かった。もしタイムマシーンがあったら、僕の誕生日の十月十日前に遡《さかのぼ》って腰を振る父の背中を蹴飛《けと》ばしてやりたかった。

八月三十日。朝からのサッカー部の練習を終えて帰宅したのは三時頃だった。ウォーミングアップから最後の紅白戦まで、ずっと遺影のことが頭から離れなかった。遺影も用意できないのかよ、貧乏人。頭の中でリュウの低く熱のない声が何度もループした。団地の入口から中央の広場を突っ切ると、今朝部活に向かう途中に見た、花壇に植わった小さな花がなくなっていた。薄い半紙でできた花びらに朱墨をじんわり滲《にじ》ませたような花。花壇には二十株ほどの花が咲いていたけれど、その内の四株程度の範囲は湿った土が綺麗《きれい》に整地された空白になっていた。タヌキやハクビシンが荒らしたのかと考えたが、害獣の仕業にしては几帳面《きちょうめん》だ。

五号棟の前に着くと、二階の部屋のベランダのプランターに朱色の花が移動していた。窓を開けてベランダに出てきたお婆さんが大きなペットボトルからプランターに水をやった。花壇にあったはずの朱色の花が団地の高いところで風で横に揺られ、水で縦に揺られる。僕は呆《ほう》けて動けなかった。日差しのせいなのか、身体が無重力の中で揺られているようだった。視野がすーっと先細って行き、ひらひら揺れる花だけが目に映る。花の横には『ペチュニア』と黒マジックで書かれた板が刺さっていた。

どれくらい見ていたのか分からない。ポロシャツの中を汗のひとしずくがつたって右脇腹をくすぐるように落ちていくのを感じて、僕はやっと眼球を動かすことができた。外階段を上る。金属で出来た踏み板をいつもより強く、踏み抜くような勢いで一歩一歩進む。部屋の前に着き、僕は鍵を開け中に入った。人の気配のない薄暗い部屋の奥、夏休みで給食の仕事が空きがちになった母はソファーで寝ていた。他の家族は皆出ているようだ。クーラーを点《つ》けずに寝ている母は、汗ばんだ肌が熱で溶けているみたいだった。サエコが捨てようとしていたキャラクターのプリントが薄くなったTシャツを着ている。母の肩は等間隔に上下に揺れている。僕はしばらく眠る母を見下ろしていた。まだリュックを片方の肩に掛けたまま。一度だけ母の鼻か、もしくは喉《のど》なのか分からないけれど、ずずっと茶を啜《すす》るような音を立てた。

ソファーから離れた僕は、部屋の隅のポールハンガーに掛かっていた母の手提げバッグの紐をポールから慎重にずらし、空間を作り手を突っ込んだ。音を立てぬように母の財布をバッグの口から抜き取る。薄いピンク色をした傷んだ革の長財布、小銭を入れるところのチャックには鈴と小さな絵馬のついたキーホルダーが三つ付けてあった。鈴同士がぶつかり合ってしゃりんと高い音が響く。心臓が跳ね、その勢いで背筋が真っ直ぐに伸びた。鈴も一緒に握り込むようにして、財布を開くと千円札が三枚入っていた。小銭入れのチャックをちりちりと開けると五百円玉が一枚、百円玉が数枚、五円玉や一円玉の端数の硬貨が沢山あった。物色し終わって僕は素早く千円札を一枚と五百円玉を一枚手に取り、穿《は》いていたジャージのポケットに荒々しく突っ込んだ。そして長財布を手提げバッグの口に滑り込ませ、紐を記憶を頼りに最初と同じ位置に戻した。古い財布だったから何か染み出したのか、それとも僕の汗のせいか、右手には脂っぽいぬめりが残った。

足音を立てぬようにゆっくりと玄関に向かう。ポケットの中の千円札と裏地が擦れて鳴る音が異常に大きく聞こえる。

ゆっくりとドアを自分の身体の幅だけ開く。ドアを開ける金属音は最小限で済ませた。ドアを静かに静かに閉じる。錠の内部の構造が手に伝わる振動で分かってしまうのではと思うほどに鍵をゆっくり差し込み回した。そして部屋のドアがこちらから見えない場所まで駆けていった。後ろめたさなどない。胸で暴れる拍動を落ち着かせようと手すりに体重をあずけながら階段を下りる。中央広場に着いて、口で荒く息を吸う。海風のせいで口が乾き、舌がひび割れるような塩辛さを感じた。花壇の前で立ち止まり団地を振り返ると花が再び目に入った。遠く離れたところから見る朱色の点は近くで見るより美しく揺れていた。

　ポケットを上から押さえつけるように手を置きながら歩いた。駅に向かう。三十分ほど歩くと大きな駅がある。駅前の商業ビルには画材や文具を扱う店や大きなチェーンの雑貨屋が入っている。そこに行けば遺影用の額縁が売られているはずだ。国道の青い看板の案内だけを頼りに向かう。家で何か飲んでくればよかった。朝家を出る時に持たされた水筒は空っぽだった。国道沿いには一定の間隔で自販機がある。今の僕は普段買うことを躊躇《ためら》うコーラだって買うお金の余裕がある。万能感があった。

　渇きに耐えて歩くにつれて海沿いの広い国道が少しずつ狭くなり、道沿いにビルが増えてゆき、海の匂いは少しずつ薄れて行った。駅に行くのはサッカー部の試合で他校に行って以来だ。駅と商業ビルは大きな歩道橋で直結しているはずだった。歩道橋に上がる階段を探す。歩道橋は見えているのにどこから上って良いのか分からず歯痒《はがゆ》かった。地上からでも目的地に着けるはずだと思い歩いたが歩道橋の下からでは方向感覚を失って自分がどこに居るのか分からない。何度も同じ道を行ったり来たりを繰り返して、やっと目的の商業ビルに到着した。ガラス張りの壁面には店のロゴマークがいくつも張り出されていた。エスカレーターを上がっていくと女性の洋服のフロアと男性の洋服のフロアを抜けて画材や文具、雑貨を扱う七階に行き着いた。一度財布をリュックから取り出し、いくらあるのか確認する。ベリベリとマジックテープを剝《は》がしてあけるタイプの財布だ。カード入れはあるけれど、ここにカードが入ったことはない。あらかじめ入っていた現金は八百四十二円、さらに盗んだ千五百円を財布に移した。あわせて二千三百四十二円。当然フロアマップを見ても遺影というエリアはない。画材と書いてある付近に当たりをつけて回ると額縁が置いてあるのを見つけた。棚に並ぶ見本の額縁を手に取り小さな数字の書いてあるシールを確認したが、僕に買うことのできる値段のものはない。何より全てに絵や写真を飾るための優美な装飾が施されていて、遺影の重苦しさがなかった。あての外れた僕は、悩み考え、結局材料を買い、遺影を手作りすることに決めた。フロアを暇そうに歩く若い男の店員に声をかけ「遺影を作りたいんですけど」と伝えた。

「遺影ですか？　亡くなった時の？」そう聞き返され、

「そうです。作れますか？」と答えた。考え込んだ店員は僕の母と同じくらいの年齢の女性の店員を連れてきてくれた。事情を説明する若い店員が僕の身代わりとして質問責めにされている。僕は近くの陳列棚に置いてあったガラスペンを興味も買う気もないのに吟味するように見ていた。意味を良く理解できていないであろう女性店員の責めるような尋問は数分間続いた。ガラスペンの試し書きは店員にお声がけくださいと書いてある紙が挟まったプラスチックの立て札を意味もなく弄《もてあそ》んでいた。しばらくすると女性店

員がこちらにやって来て、

「こんにちは。遺影を作りたいって聞いたんだけど」母が電話に出るときと同じ、他所《よそ》行きにチューニングされた声だ。

「そうなんです、美術部で。夏休みの課題なんです。それで作りたいんです」

その場で思い付いたにしてはよく出来た嘘を笑顔で言い切った。喋りすぎたかもしれない。

「そうなのぉ。夏休みもう終わっちゃうけど間に合うの?」

大仰に笑う女性店員の目尻《めじり》は、和紙をくしゃくしゃに丸めて広げたみたいに大小の皺《しわ》が集まっている。

女性店員の後についていくと工作用の木材のコーナーに案内された。

「額を作りたいそうなので」そう言って女性店員が次の店員に引きついでくれた。額と言えば良かったのかとその時初めて気が付いた。

男性の店員にサイズの想定や図面の有無に関して幾つか質問されたけれど、何ひとつ上手くは答えられなかった。遺影がありさえすれば良いのだ。その過程は何一つ重要でない。貧乏を理由に虐げられるアミの遺影を作るために、僕は母の財布から金を抜いた。金のない母の財布からまた金が失くなる。

男性の店員は胸ポケットから出した小さなメモ用紙に、必要な木材の数と長さや、そのほかの部品のリスト、そして簡単な図面を書いてくれた。木材の値段を用心深く聞き、カットしてもらう。他の部品は自分で探しますと伝えて、僕は店内を回り部品を買い揃えた。安く済んだ。裏板や自立させるためのスタンド用の板、写真を固定しておくアクリル板は値段との兼ね合いでプラスチック板に変えた。頭の中で何度も暗算を繰り返す。僕の財布には百三十六円残る。電光表示を睨み付けるようにレジを通すと計算した値段より少し高くついた。違う数字が表示された焦りで財布をぎゅっと強く握り込んだがギリギリ払える額だった。先程までは母の財布にあった千円札をトレイに置く。何かに取り憑《つ》かれたように盗んだ金。トレイに置いて初めて、それが母の金だという当たり前の罪の意識が芽生えた。やっぱりいいです。そう言おうかと、思考が声になろうとするその瞬間に「ポイントカードを作りますか」と聞かれたので、大丈夫、あ、いや、作ります、と吃《ども》るように答えた。レジに並ぶ人の流れを堰《せ》き止め必要事項を書いた。アプリでも可能だと言われたけれど、あたかもアプリではいけない理由があるように断った。置いた千円は亀の重石《おもし》を載せられ、すでに店のものになっていた。残りの小銭もトレイに載せる。商品の入った大きな手提げのビニール袋を手渡された。レシートと一緒に受け取ったプラスチック製のカードは店員の着けているエプロンと同じ濃いグリーンで光沢があった。

しばらくは前も見ずにカードを眺めて歩いた。レシートの白とのコントラストが目にまばゆく、蛍光灯を反射し大きな水滴のような光の塊がのっかり滑るように動いた。財布のカード入れにゆっくりと押し入れると今までふにゃふにゃと頼りなかった財布に一本背骨が通ったような気がした。後ろめたさは消え失せていた。残ったレシートはビルの入口のゴミ箱に丸めて捨てた。幼い子供と手を繋《つな》ぐように袋を強く握って僕はビルを出た。

僕は学校に行こうと決めた。この手提げに詰まった材料を持って学校に行き、隠さなければならない。僕の家は五人それぞれの生活が競い合うように主張しあっていて、他人の目線を遮《さえぎ》り隠し事をできるような隙間がない。そういった意味では僕は家よりも学校が好きだった。一人一人に与えられたロッカーの中に僕のスペースが守られている。帰り道を足早に歩いた。幾つもの初めてを一度に経験したから、昂揚《こうよう》していたのかもしれない。金を盗《と》るのも、大きな買い物をするのも、一人で街に出るのも初めてだった。財布にカードが入るのだって初めてだ。リュウの財布にはバッティングセンターの回数券や接骨院のカードが入っていた。スポーツ用品店のポイントカードには判子が半分くらい押してあった。犠牲を払って、僕は普通を取り戻している。そう自分に言い聞かす。

防砂林沿いの国道を歩いて、団地を横切る。団地に意識を向けることなく通り過ぎた。学校に着いた頃には六時過ぎ。校門の重そうな門扉は人が一人通れるスペースを残して閉まりかけていた。校門を抜け、校舎に入る。誰もいない校舎には吹奏楽部の演奏が音というより壁や床の震えになって感じ取れた。校舎の三階に僕の通う一年生の教室がある。学年が上がるたび階段を上がる数は減っていく。職員室から最も離れた一年生の教室は先生の目が届きにくくなっている。校舎の階段を上がるたび、気温は少しずつ高くなり、階段の表面は湿気を帯びているのか、上靴が音を立てた。

三階に着く。階段の正面には古ぼけた石造りの流し台があり、そこから左に進んですぐが僕の教室だ。廊下の端、教室側の壁にピッタリとくっつくようにロッカーが並んでいる。金属製のロッカーが二段重ねになっていて、天井から突っ張り棒のようなもので押さえつけられている。真ん中あたりの下段にある僕のロッカーを開く。四桁《けた》のダイヤルを回してあけるタイプのロッカーだが、初期設定から数字を変えていない。盗られるものなんてないのに鍵を掛ける意味がない。みんな平等に一冊ずつ与えられる教科書くらいしか入っていない。鍵を掛けるのは決まってスマホを隠している生徒だけだった。

乱暴に引っ張るようにロッカーの扉を開ける。中には夏休みの課題で使わない副教科の教科書が立て掛けて並べてある。その教科書を平積みに配置を変えて、その上に手提げ袋を置いた。明日で夏休みが終わる。明日の部活が終わってからの時間で遺影を作らなければならない。今日の内に作ってしまいたかったけれど、変に遅く帰れば怪しまれる。怪しまれれば母は財布の異変に気がつくかもしれない。友達と遊んで帰ってきた、それくらいの時間に帰る必要があった。

ロッカーの扉を足で蹴るように閉めて、四桁の数字の並びを親指で擦るように散らした。鍵を掛けたのもこれが初めてのことだった。

学校を出る頃には、風は凪《な》いで西陽に照らされるアスファルトの国道には熱気が流れていくことなく留まっていた。脳が揺れ、視界が歪むような感じがした。気道は張り付くようで、渇きというより痛みに近い感覚だった。

国道の途中、大きな駐車場がある。精算機の横にある自販機で僕はコーラを買った。財布には百二十円余が残っていた。缶のコーラを手に取り一口飲んだ。炭酸が癒着した喉を剝がすように流れ、甘さは味覚の範囲を超えて、痺《しび》れるようだった。細胞が水分と糖分を直接吸っているみたいに口内には潤いが戻ってきた。コーラを二口で飲み干して僕は家に帰った。

団地の敷地内に着くとしばらく忘れていた罪悪感が身体に戻ってきた。リュックサックの肩紐は重く食い込み、煉瓦の小さな凹凸に引っかかるほど歩みは鈍く遅かった。小さな砂利をすり潰すようにギリギリと音を立てて階段を上っていく。部屋の前に着いてリュックから鍵を出し開けて中に入る。母はドアを開けには来なかった。いつもなら数歩で行ける短い廊下が長く感じられ、空気を押し分けるように進んだ。

リビングに入ると父はソファーに座り野球を観ていた。缶ビールを手に持ち左の膝《ひざ》の上に載せたまま。母におかえりと言われ、ただいまとだけ返す。父が何も言わないのが、僕の悪事を知って何かタイミングを計っているように思われた。余計なことを言えば、空気を逆撫でするのではと思った。洗面台の方に向かい服を脱ぎ、練習着を洗濯カゴに入れた。うがいをしている途中に母が狭い脱衣所の後ろを通った。何も言わずにしゃがみ込み押し入れを開け何か取り出しまた戻っていった。口に含んだ水がいつもより奥の方へ入って咽《む》せた。

タツニイもサエコもまだ家に帰ってきてはいないようだった。冷蔵庫から麦茶の入ったポットを取り、コップに注いだ。狭いリビングで母の制空圏にいるのが気まずく、ソファーの父の隣に一人分空けて座った。ソファーの上にあぐらをかいて野球を観る父は座ったまま眠っているように動かない。父はもともと口数の少ない人だったけれど、その心の内を表情や佇《たたず》まいから勘ぐってしまう。身体の境目をじわじわと失っていくようだった。

テレビからアナウンサーらしからぬ語気の強い掠《かす》れた声でスイングアウトと聞こえ、父は魂を取り戻したようにソファーにうなだれた。膝の上にある缶ビールを口に運ぶ。父の体毛の濃い膝にはミステリーサークルのように缶の跡が出来ている。麦茶が無くなり、薄茶色の泡だけが残るコップに缶ビールを近づけて『お前も試してみるか』と父は笑った。父の甘い躾《しつけ》に対して普段は口うるさく文句をつける母は何も言わなかった。

「勿体《もったい》無いからいらない」

それからサエコが帰ってくるまで僕も父も母も何一つとして口を開かなかった。


八月三十一日。今日もサッカー部の練習は二時に終わった。夏休みの間、熱中症で倒れることのないようにという学校側の配慮だった。片付けや着替えを終えて三時、僕は一人教室に行きロッカーからビニール袋を取り出した。明日が始業だからなのか、ドアには鍵は掛かっていないようだった。ドアについているガラス窓から見る教室は、生き物の居なくなった水槽のようでやけに寂しかった。

サッカー部の部室は空いているけれど、他にどこか腰を落ち着けて作業のできる場所がないか探した。春先には女子生徒がよく座っていた中庭のベンチなどにも行ってはみたが、遺影を作るには陽が当たりすぎているような気がした。中庭から校舎を見渡すと二階の隅にある美術室が見えた。窓の外の手すりにはボロボロの雑巾《ぞうきん》が掛けてある。風に揺れる動きの鈍さから洗いたてだろうと思った。誰か居る予感がした。

校舎に戻り階段を上ったけれど、外から見て想像した位置に美術室は無く、学校の広い廊下を抜け出せずにしばらく彷徨《さまよ》っていたが、ようやくたどり着いた。部屋を覗くと人のいない教室に蛍光灯だけが点いている。ベッドのような大きさの木の机が八つ、黒板に最も近い机には錆び付いた十円玉のような色をした女性の像が立っていた。服は着ておらず、社会の教科書に載っている原人のイラストに似ていた。二の腕から下は刃物で切られたように鋭利に失われ、骨盤から下は逆にもぎ取られたように終わっていた。乳房は押しつぶされたように平べったく、へこたれている。何人もの子供に授乳し育ててきたのかもしれないと思わせるリアリティーがあった。だからこそ四肢の断面が異様で、血溜まりがイメージされた。

扉をスライドさせ、中に入る。冷房が効きすぎているのか、汗ばんだ肌は鳥肌立った。黒板に背を向けるように女性の対面に立つ。左右の胸の大きさに差があるのが不思議だった。見つめ合うようにじっと見ていると、黒板の横にある準備室のドアが大きな音を立てて開いた。振り向くと白髪を撫でつけるように分けたお爺《じい》さんが立っていた。青いデニムのエプロンはカラフルに汚されていた。

「まだ展示には早いのになぁ。恥ずかしい」

張り付いたような笑顔がメイクを落としたピエロのようだった。ゆっくりと歩いて僕の横に立つ。

「始業日を一日間違えちゃった?」

言葉の全てが心の内から出たものではないような感じがした。冗談にも激怒にもとれる冷たい声のトーンだった。

「勝手に入ってすみません。夏休みの美術の課題が終わっていなくて。もっと早くにやっておけばよかったのに」

手に提げた大きな袋を見せるように言うと、

「美術の課題なんてあったかなぁ、僕が出してないから無いんじゃない。今の中学生は美術なんて必要ないみたいだからさ、あれ？　僕出したっけ」

文具屋ではこの言い訳でいけたから、これしか用意していなかった。軽はずみな言葉だった。

「まあ、何か作るならここで作っていって良いよ。道具も使って良い。僕は僕で作業してるから、飽きたら帰れば良い」

僕は女性の像が置いてある一つ後ろの机に荷物を置いた。嘘をついたことに怒るわけでも許すわけでもない態度が誰より冷たかった。

文具屋の店員が描いた簡単な設計図のメモを机に置き、材料を並べる。サイズ通りに切ってもらった棒切れが四本。白い木の板とプラスチック板、スタンドにするために買った木の板、木工用ボンドを無造作に並べる。

「写真立てかい、彼女がもうすぐ誕生日かな」

一つ離れた机で作業する爺さんが揶揄《からか》うように言った。まだあの笑顔のままだった。

「彼女にじゃないです。遺影です、これは」

　嘘をつく意味がないと思った。正直に答えた。

「へぇー、遺影。犬でも死んだのかい」

「犬じゃない、人に。人が死んだわけじゃないんですけど」

「死んでない人に遺影を作るの？」

　完成されたように一定が保たれていた顔を崩し、目尻や額を皺だらけにして笑っていた。

「クラスメートの、まだ死んでいない女子の遺影です。可笑《おか》しいですか」

　相手の上がったボルテージの分だけ、僕は冷たく言った。

「可笑しくないよ。死んでほしいヤツっているよなぁ。いるんだよ僕も、受験指導のヤスイくんとかさぁ」

　夏休みの最初、リュウが英語の夏期補習に引っかかり、英語のヤスイ死ねばいいのになと言っていたのを思い出した。

「死んでほしいヤツのために、そんな綺麗な板買ってバカだなぁ。僕なら食べ終わった駅弁の箱で作ってやるけどなぁ」

　僕は倫理と道徳のない言葉で笑えないたちだった。けれどあまりに笑って言うものだから、作り笑いで紛らわせた。クラスメートの生きている女の子の遺影を作っていると伝えれば、大人は僕を叱り、正すと思っていた。怒るどころか笑われるというのに救われた気がした。正されるべきという自意識の裏返しだったのかもしれない。それ以上話すこともないように思えたので机に向き直り、作業を始めることにした。家から持ってきておいた、最後に使ったのが何時なのかも分からない絵の具セットで木片を黒く塗る。木片は水捌《は》けが良すぎるのか、すぐに水分がなくなり黒い絵の具は伸ばしづらかった。木片に直接絵の具を載せるように色を塗っていく。少しずつ絵筆を使ううち、手は真っ黒になっていった。前を見るとお爺さんは細いメスのようなヘラで女性の腰回りを削っていた。

「先生は何を作ってるんですか」

「秋に美術教員展があるから、そのために作品を作ってるんだ」

いきなり話しかけたのに、あらかじめ何を聞かれるのか分かっていたかのように淀みなく答えた。

「塑造って言うんだ。知らないよね。教えたことないし」

ソゾーという聞き馴染《なじ》みのない音に漢字を当てようとしたけれど、僕の頭には候補が浮かばなかった。

「定年したんだけど、美術の教員が居なくてさ。講師として教えに来てるんだ。だから多分これが最後の教員展かもなぁ」

顔は見えなかった。けれど先生の真顔が頭に浮かんだ。人の寄り付かない山奥にある波風ひとつない湖みたいな真顔だ。

四本の木の棒を塗り終え、作業の手を止め僕は聞いた。

「何のために作るんですか」

阿呆《あほう》の質問だった。けれど僕はその答えを持っていなかったから、聞くしかなかった。

こちらを九十度振り向いた先生は、笑顔を取り戻していた。

「じゃあさ、君はその遺影を何のために作ってる？」

僕には答えられなかった。リュウに言われたからが一番手前にある答えだ。でもそれは違う。アミを虐めたい訳じゃあない。僕には答えがなかった。

「死んでほしいくらい憎い奴が居るから、作ってるんじゃないの？」

死んでほしい人など居なかった。アミには生きてほしかった。僕と同じ人種だからだ。僕がこの先普通に生きるためにはアミに生きていてもらわなければならない気がした。

親の不幸をそのまま全てその身に受けて生まれてきたのが僕だ。けれど僕の両親は金がないことを悲観することは一度もなかった。いつか僕もそう思えるようになるのだろうか。アミの親は貧乏をどう捉《とら》えて生きているのだろう。貧乏が理由で娘が虐げられている現状を知ったらどう思うのだろうか。この先、学校生活を送る中で、アミが笑うのを見たら、僕はどう感じるのだろう。どこか一つ歯車が狂えば虐められているのは僕だったかもしれない。僕のせいではないとは言え、アミと同じように虐められる理由が僕にもある。頭を声にならない考えがぐるぐる巡っていき、僕は泣いた。目に涙を溜めて、許容量を超えた分が頬に流れた。

また像に向き直り、作業をしながら先生は言った。

「僕がなんで作品を作るかって言うと、何か言いたいけど言えないからかもしれないね」

ただ黙って返事もせずに聞いた。先生は僕が何も言わないのを悟って、次からは相槌《あいづち》を入れる隙間なく喋った。

「口下手なんだ、思っていることを言うのが難しくてね。昔からそうだった。今は教師と生徒の立場だから、喋れるよ。立場を演じるだけで良いからさ。でも親とか妻とか、後は、あんまり居ないけど友達とかに思ってることを伝えるのが上手くなくてね。そういう人に伝えたいけど上手くいかない気持ちの終着点として何か作ってるんじゃないかな」

机に落ちた粘土の欠片《かけら》を小さな刷毛《はけ》で掃除していた先生は向き直り、僕の方を見た。真顔だった。

「作りたくないなら作らなきゃいいし、それでも作るなら君の気持ちの良いものを作ったら？　あと、顔黒いよ」

窓を鏡代わりに見ると、顔を無意識に拭《ぬぐ》っていたから、手についた絵の具が顔に溶け出していた。

外にある手洗い場で手と顔を洗い、その場に立って僕は考えていた。気持ちの良いものとはどういうもののことなのか分からなかった。気持ちの良い遺影。そんなものはないように思われる。死ぬべき人が、少なくとも僕の周りに居るとは思えなかった。けれど考えれば僕の中で形になる予感があった。


美術室に戻ると夕方の西陽が部屋に差し込み、適温になっていた。絵の具を塗った面が机を汚さないように立てておいた木枠はもうすでに乾いているようだ。木枠を組み立て裏板をボンドで取り付けた。つけすぎたボンドが木と木の間から押し出されはみ出た。それを人差し指の腹で拭って、親指をくっ付けては離す。待つのを我慢できずに裏板を触ってみると木枠からずれるように動いた。位置を調整し直し、再び待った。

先生は自分の作業が終わったのか、大小の細いヘラをエプロンと同じデニム生地の布に巻いていた。

「先生、名前なんて言うんですか?」

「美術科の坂東《ばんどう》です。坂に東で坂東」

「坂東先生、僕、帰ります。ありがとうございました」

「はい、お疲れ様でした」

「先生、気持ちの良い遺影ってあると思いますか？」

「死んでほしい人の遺影だと僕は思うよ。死んでほしいって言うと大袈裟《おおげさ》かな。無くなって欲しいものでも良い。無くなって欲しいものを考えてみたら」

もう帰るとは言ったけれど、僕は美術室にしばらく居座り考えていた。無くなって欲しいもの。けれど遺影は人の写真が入るものだ。人が入らなければ僕が作ったのは遺影ではなくなってしまう。僕が美術室を出るまで坂東先生は、布巾で机を拭《ふ》いていたけれど、カラフルな絵の具の汚れはどれだけ拭っても取れそうになかった。

額縁は完成した。あとは写真を入れてプラスチック板を上から取り付ければ本物の遺影になる。揺らさないように胸の前で袋の下を支えて校舎の階段を下りた。校門から校舎を振り返ると六時になる頃だった。通学路を足早に帰って、団地の入口の坂を登る途中、引っ越し業者のトラックが一台、僕の横をすぎて行った。団地の棟に囲まれた花壇のある中庭を通り抜けて五号棟の入口に入る。家に帰るとリュックも置かずに、廊下の途中の洗面所にいた母に話しかけた。

「お母さん、百円欲しいんだけど」

「何に使うの？　お小遣いは？　もうなくなったの？」

「コンビニでコピー機使いたいから」

母はエプロンで手を拭きながらリビングに戻り財布を取り出し僕に百円を渡してくれた。

「その袋は何？」いつの間にかハリと光沢を失い、木片の角でぼこぼこと膨れた手提げ袋を見て母は訝《いぶか》しんだ。

「あとで全部説明するし、謝る」僕はそれだけ言って黙った。

リュックを置いて鍵と財布だけをポケットに入れた。家の引き出しを探る。小学生までの成績表などが入っている、その下敷きになるようにして目当てのものがあった。中学生になる時に撮った証明写真の余りだった。財布に入れ、手提げ袋を持ったまま、団地を飛び出した。再び学校を目指す。その途中にある海沿いのコンビニに行き、雑誌コーナーの隣にあるコピー機に向かう。昔何処《どこ》かで聞いたことのある曲がピアノだけで演奏されたBGMが流れていた。一度音楽の授業で楽譜をコピーして以来だった。タッチパネルのカラフルに区切られた枠の中から拡大コピーを選ぶ。倍率を選びコピーをするとA4サイズになった白黒の僕が出てきた。倍率がおかしいからなのか少し滲んだ白黒の僕の真顔は遺影にぴったりに思えた。防砂林には今日も夕焼けが降りて行き、白黒の僕にほんの少しの血色を足した。

コンビニを出て、学校に向かって走った。今からすることを考えると、身体中の筋肉がむず痒くなって走る以外なかった。校門は昨日と同じく人が一人通れるスペースを残していた。身体を横にねじるように滑り込ませ、教室に向かう。昇降口にスパイクを残したまま、上靴は履かなかった。

三階に上がるとまだ廊下の電気は点いていた。もう教室が施錠されてしまったのではないかと思ったけれど、ドアはすんなりと開いた。教室のちょうど真ん中から少し黒板側にずれた僕の机。一ヶ月来ないだけで随分懐かしい。もしかしたら、明日には席替えになるかもしれない。椅子に腰を下ろし、袋の中から真っ黒の遺影を取り出す。袋の中に絵の具がうっすら付いていた。裏板のところに僕の白黒写真を入れる。サイズが少し小さかったから、指にボンドを少し取り板に塗って、ちょうど真ん中に来るように付けた。上からプラスチックの板を嵌《は》め込む。手で持ち上げ眺めた。初めてみる遺影が自分の顔の入っているものだとは思っていなかった。白黒の真顔、海沿いを手に持って走ってきたから、さっきよりも滲んでいる気がした。

写真を入れて僕の机に立ててみるけれど、うまく立たなかった。背もたれのように後ろにつけた木が滑ってしまう。ボンドで机につけてやろうと思った。ゆっくり手を離すとボンドの粘り気で机に留まった。明日の朝、どうなってしまうのか予想がつかなかった。

教室の外はちょうど太陽が沈み切るところだった。いつも見る国道沿いの日没とは違って、陽は防砂林ではなく海原に吸い込まれて、必死に抵抗し暴れるようにオレンジの光が揺れていた。辺り一面が暗く沈んでいくまで景色を眺めていた。海から目を離すと、美術室の部屋の明かりはまだ点いていて、暗い校舎に蠟燭《ろうそく》が一本灯っているように見えた。

アクアリウム

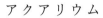

開け放たれた教室の窓から温《ぬる》い海風が吹き込む。防砂林に濾《こ》されて残った仄《ほの》かな海洋の腐臭がカーテンをはためかせていた。六限目が終わると、僕はいつも中等部の校舎にある生物実験室に向かう。生物実験室は高等部の校舎にはないので、毎回五分程度歩いていかなければならない。僕の通う高校二年生の教室を出て目の前の階段を降り、職員室と進路指導室の間の長い廊下を横切る。その辺り一帯には昨年の高校三年生の合格実績が張り出されていた。花丸で囲われた『祝』の赤文字の下に名前と大学名が書かれている張り紙は、上だけ一点のみ画鋲《がびょう》で留められていて、廊下の端を人が通るたび、風圧で一枚ずつふわりと浮かんでは落ちていく。一流大学も、名前を聞いたことのない三流大学も等しく風になびくのが、とても滑稽《こっけい》だった。

昇降口には日が差してはいなかったけれど、春の生暖かい日差しの名残がまだ尾を引いていた。金属製の下駄箱《げたばこ》の中からスニーカーを取り出そうと小さな扉を開けると小分けになった熱の塊が出てくるのを感じる。上履きからスニーカーに履き替えて校舎を出て、駅に向かう通学路とは反対の方向に歩き出す。大勢の生徒が駅に向かう人並みに背を向けていくのが毎回仲間はずれにされたみたいで寂しい気持ちにさせられる。

灰色のコンクリートブロックで舗装された校内の広い道路には、色違いの真っ赤なブロックを巧みに並べて巨大な校章が描かれていた。僕が中学二年生の頃に何かの記念で作られたものだ。出来てすぐの頃は、なんとなく踏んではいけない神聖なもののような気がして、皆跨《また》ぐように歩いていた。今は体育で使う白い石灰を何度も被《かぶ》り、教職員の自家用車のタイヤの跡が幾つもこびり付いて薄汚れている。そこを通るたび、僕は夜の道に誰かが残した吐瀉物《としゃぶつ》を避けるみたいにして通るのが癖になっていた。

中等部の校舎の入口で学校名が印字されたスリッパに履き替える。スニーカーは中等部の生徒が使う下駄箱の上に置いておく。スリッパで歩くと幼児が足を引きずって歩くような軽薄で頼りない音が鳴る。耳障りで嫌いだった。生物実験室は五階建ての校舎の最上階にあったが、生徒は特別な理由を除いてエレベーターの利用を禁止されている。エレベーターを使っているのは足を骨折した生徒か、定年を過ぎても学校に居残っている枯れ枝のようなじじいの数学教師くらいだった。

五階までの階段を昇るのは毎回苦痛だ。長い階段が単純に肉体的な苦痛でもあったし、中学の頃の顔見知りの教師たちとすれ違うのが何よりの苦痛だった。教師が階段を降りてくるたびに短く、さりげなく、会釈と認識されるギリギリ程度に頭を下げる。不必要な会話をせずにやり過ごすための防衛策だ。そこで会う教師は皆、高校生になって中等部の校舎にいる僕のことを馬鹿にしている気がした。文系なのに生物部に所属する僕を、後ろめたい暗がりに属する僕を見下しているような気がしたのだ。成績や部活などといった生徒としてのステータスを全て抜きにしても、僕という一個人を軽蔑しているような気がした。階段の上から降りてくる教師と下から登ってくる僕との物理的な位置関係が心理的に何かしらの影響を及ぼしているのかもしれないけれど、たしかにそう思えた。目の悪い人が裸眼で文字を読むときのような、強張《こわば》った顔で睨《にら》みつけられる感じがするのだ。階段を一区切り昇るたび、踊り場で小休憩して息を整えたかったが、いつ教師がやってくるか分からないので一息に目的地に辿《たど》り着かなければならなかった。生物実験室に入る前には、いつも荒い呼吸で気道が擦れる音がした。

生物実験室のドアは横にスライドさせるタイプのもので、下に付いている滑車のすべりが変に良い。勢いよく開けると大きな音が鳴る。うっかりドアを強く開けてしまうたび、まるで人を殴ったかのような罪悪感と、痛快で晴れ晴れとしたような気持ちが混在する。注意深くドアを開けると、室内には一年生の部員が二人、先に居て黙々と作業していた。僕が入ってきたことに気が付いてちらりと目があったが、別段作業の手を止めるわけでもなく、空調の音にかき消されるような声量で、呻《うめ》くように何か言うだけだった。

生物部と言っても、活動内容のほとんどは、市販のシラス干しの中から、シラス以外の干《ひ》涸《から》びた生物を探すだけの作業だった。

週の初め、月曜日の放課後になると、学校から歩いて十五分ほどの業務スーパーに行き、シラス干しの袋を五袋ほど買ってくる。生物実験室の真っ黒なテーブルの上に置いた紙皿に盛り付け、そこから部員五人がピンセットを使い、おびただしい数の干涸びた小魚を選り分けていくのだ。シラス干しのあの小魚はカタクチイワシやマイワシといったニシン目のイワシ類の稚魚で、ほとんどがそういった平々凡々で無価値な雑魚なのだが、ごく稀《まれ》に他の種類の小さな魚やカニやエビの幼生、運が良いとタツノオトシゴなんかが入っている。それらを見つけると真っ白な画用紙を一枚広げ、サイズの基準として爪楊枝《つまようじ》を一本転がしておく。そのとなりに発見した生物を置いてデジタルカメラで写真を撮る。十一月の文化祭で研究発表として展示するのが目的だった。研究発表なんて大層な名前だが、要は延々と続く人海戦術での単純作業だ。研究をする余地などないし、思考を働かせる隙さえない。学のない人たちが町工場でやるような作業だと思えた。

僕も席に着き、労働に加わった。今日は金曜日だったので、シラスの残りはあと僅《わず》かになっている。僕以外の部員は皆、この魚の死骸《しがい》をあさる行為に何か快感のようなものを覚えているようだった。二週間ほど前だったか、後輩の一年生と二人だけで作業をしていると、シラスの中から今まで見たことのない細長い魚を見つけたらしく、大声を上げた。普段は物静かで感情を出さない奴がいきなり叫んだので、何をされても怒ることのなかった友人が突然激昂《げっこう》した時に似た緊張感があった。図鑑やウェブサイトで調べると、それはダツという原始時代に使われていた矢のような恰好をした魚の稚魚だった。それから彼は学校での作業が終わっても、シラスをタッパーに移し替え、持ち帰るほど、夢中になっていた。

作業に飽きて余所見《よそみ》をすると、後輩二人は少しの雑念もない澄み切った顔で取り組んでいた。ピンセットと紙皿の擦れる音がトンツーのように聞こえる。戦争映画で見た通信兵のようだった。最初はやるぞ、と思っていてもこんなことに何の意味があるのかと思ってしまうともう駄目だった。どれだけ頑張ろうとしても、退屈は欠伸《あくび》や溜息《ためいき》といった生理現象に変わって身体にあらわれた。僕の皿をざっと見るに、特別珍しい生物は混じっていないように見えた。その中のなんてことのないシラスの一匹を、まるで特別な稚魚を発見した時のように選り分けた。そしてそいつに狙いを定めて、ピンセットの先をナイフみたいに使い、ぐしゃりと潰《つぶ》した。腕全体が小刻みに震えるほど過剰な力を掛けた。ゆっくりピンセットを上げると、骨の多い頭部が粉末状に砕け、尻尾《しっぽ》はぎりぎり形を保って皿に貼り付いていた。その残骸を払いのけると、紙皿に小さく一文字の傷だけが残った。今度はピンセットをペンみたいに使い、その傷に何画か足して、『死ね』と書いた。死んで欲しいと思うほど、憎い人や嫌いな人は思い浮かばなかった。けれど何故だか衝動的に湧いたのが、『死ね』という言葉だった。

もう今日は残りの二人は来ないのだろうと思っていたが、波多野《はたの》がやってきた。呼吸は荒い上に汗だくだった。生物部で唯一の同級生だ。

波多野は変に艶《つや》のよいおかっぱ頭で色が白く、ただでさえ背が低いのに太っていて、子どもの頃に読んだ御伽噺《おとぎばなし》に出てくる意地の悪い王子様のイラストにそっくりだった。

波多野とは中学三年生のとき、一年間だけ同じクラスだった。特別仲が良いとか悪いとかではなかったし、僕の他の誰かと仲が良いという感じでもなかった。先生に好かれているというふうでも、クラスの中で何か役割があるわけでもなかった。一学期が始まった当初は、僕の右斜め前の席に座っていた。授業中はいつもノートに文字をびっしり書いていて、勉強が出来るのだろうと思っていた。けれど英語の授業で先生に指名された波多野は、何一つ答えられずに、どの母音にも当てはまらないような声を漏らしただけだった。これ以上やると虐《いじ》めているみたいに見られると思ったのだろうか、先生が、もう良い、座れと声をかけるまで波多野は棒立ちのままだった。そのときは単に多くの人の目に晒《さら》されるのが不得意な奴だと勝手に思っていた。

二学期の半ば、雨の降っていた日の放課後、日直だった僕は課題のプリントを回収して持ってくるよう頼まれていた。職員室に行くと、担任の机には「プリント、机に置いといて！」と書いた紙があった。重石代わりにドリンク剤の空き瓶が二本載せられていた。雨のせいで湿度が高く、わら半紙のプリントの束はいつもより澱《よど》んで見えた。職員室を出ようと机の島の間を歩く途中、職員室の奥にある、生徒が入っているのを一度も見たことがない応接室に波多野の後ろ姿が見えた。波多野の背中越し、正対する位置に座った学年主任の国語教師は茶色い革のソファーから前屈《かが》みに身を乗り出し、紙の上からガラス製のテーブルをとんとん叩《たた》いていた。中等部から高等部への内部進学に成績が足りないという趣旨のことを言われているようだった。書き置きを残した担任の先生は、その横でボクシングのレフェリーの如く直立して、見守っていた。波多野の横には白髪混じりの女性が一人座っていた。使い古したバスタオルみたいなごわごわした質感のセーターを着ていて、何度も深く頭を下げ、モグラ叩きのようにソファーの背もたれから出たり入ったりを繰り返していた。

職員室を一礼して出た僕はその辺りの廊下ですることもなく、生徒新聞の張り紙だとか、オーストラリアの高校への短期留学募集のチラシを読んで時間を潰した。十分ほどして職員室を出て来た波多野を確認して、あたかもこれから職員室に用事があるような素振りで歩み寄り、「おお、波多野くん、なにしてたの」と声をかけた。思えばこれが初めての会話だった。会話と言っても、波多野の返答は僕の耳に届く前に空中分解して、なにも聞き取れはしなかった。僕は横にいる女性に丁寧にお辞儀して、自己紹介をした。波多野のお母さんだった。お母さんというよりむしろ祖母に近い感じの年齢に見えた。出来の悪い息子との差を見せつけてやりたいと思って、必要以上にハキハキと笑顔で挨《あい》拶《さつ》した。

そして何より、波多野の存在が印象付けられた出来事があった。生物実験室には僕が中学生の頃まで、人が一人すっぽり寝そべっても収まるようなサイズの水槽があって、名前は忘れてしまったけれど大きめの魚が数匹飼育されていた。中学生の頃、二、三度授業で行ったことがあるくらいだったが、それでも記憶に残っている。水槽の上の方を泳ぐ顎《あご》のしゃくれた魚の白と黒の色違いが一匹ずつ、そして水槽の底の方を這《は》ってまわる、鱗《うろこ》の頑丈そうな魚が三匹。だが僕が生物部に入った頃には、かつて水槽が置かれていた日当たりの良い壁際のスペースはがらんどうになっていた。入部してまだ日の浅いある日、当時三年生で部長だった先輩との会話の糸口に、あそこに置かれていた魚はどこに行ったんですかと聞くと、「俺も実際に見たわけじゃないから、波多野に聞いたのと想像が混じってるんだけど」という前置きで教えてくれた。

苦笑混じりで話してくれたのはざっとこんなようなことだった。僕が中学二年生の頃、中等部の受験の採点作業で休校になる二月の初旬。その日波多野は水槽の水を換えたり、餌をやったりという雑事があって朝から学校にいたらしい。前日から雪が降る予報が出ていて、電車が運休になってしまうだろうから、学校から家の近い波多野が他の生徒と世話係のシフトを交代することになった。予報通り、明け方から雪が降り、朝には空も陸も真っ白な日だった。波多野が水槽の水の半分を灯油のホースみたいなので吸い上げ、新しい水を足し終わったちょうどその時、入れ替えたての水が波を立て出した。地震だった。五階建ての校舎はしなるように大きく揺れた。水槽は机に金具とボルトで固定されているし、中等部は耐震構造になっていたので大きな事故にはならなかった。けれど揺れの途中に消えた電気は付かなくなった。送電設備に何かトラブルがあったのか、詳しくは分からないけれど学校の辺り一帯は停電したのだ。地震が起きて四時間ほどだったろうか、電気が復旧した頃、部長の元に電話が来た。普段は滅多に電話なんて寄越さない顧問の先生からだった。電話口の先生は焦った口調で、生物部の魚が全部死んだ、波多野が今職員室に来て、見に行ったら本当に全部死んでいる。雪と地震で大変だろうけど、学校に来てほしい。そう言われて行ってみると五匹の巨大魚は全て天に腹を向けて浮いていた。波多野に事情を聞くと、停電で水槽のヒーターが全て止まり、水温が下がり死んだとだけ答えた。南米が原産だったので冷たい水の中では生きられない魚だった。

波多野に死んでどれくらい経ったのか、死ぬまで何もせず見ていたのか、すぐに誰かに連絡を取れば良かったんじゃないかと問うても、さっき死にました。見てました。焦っていて連絡取れませんでした。そう言って他にはなにも答えず下を向くだけだったので、怒りをぶつける甲斐《かい》もなく、魚をゴミ袋に入れ、処分するのを手伝わせただけで帰らせたそうだ。それを聞いてますます波多野が不気味になった。

生物実験室にやってきた波多野が僕の隣の席に着く。背もたれのない木片だけで作られた椅子は波多野にサイズが合っておらず、ちぐはぐに見えた。横に座られると、不快な蒸気を右半身に感じる。外が暑いとはいえ、異常な汗の量だった。冷凍庫に長い間保存されてから外に出されたみたいだ。波多野はすぐに作業に入るわけでもなく、かといって誰かと話したり携帯電話を見たりとなんらかの意味があることをするわけでもない。ぼーっと虚空を見ていた。

何もせずにいる波多野に手伝えよと声をかけようと、喉《のど》にほんの少しの力が入りかけたそのとき、波多野はシラスの袋に手をかけた。いちいち他人をイラつかせるやつだった。喉に込めた力の吐き出しどころが分からなくなり僕は、「今日は食べんなよ」とだけ伝えた。後輩二人は何も言わずニヤニヤ笑っていた。「わかった」とだけ答えた波多野はピンセットを使い出した。作業中、とにかくシラスだけは大量にあるので暇つぶしのように口に運ぶことはよくある。食べるならまだ良い方で、先生が来ないのを良いことに実験室の教卓に入っているマッチを使って火葬と称して燃やしたこともあった。数日前、波多野は作業中に選り分けた珍しい稚魚や甲殻類の幼生を食べてしまった。作業している中、あっ、とだけ声を出したので、目をやるとモグモグと口を動かしながら「レアな方食べちゃった」とだけ言った。普通間違って食べてしまったら咀嚼《そしゃく》をやめるだろう。

その後一時間ほど作業を続けていても、僕の皿に盛ったシラスからは特別なものは何一つ見つからなかった。全て選り分け終わると、からっぽの皿には乾燥したシラスの垢《あか》みたいな粉だけが残った。僕は帰ることにした。こんな無駄なことに時間を費やすくらいなら家で寝ていたかった。帰るときには十七時くらいで日差しはだいぶ傾いていた。空がオレンジに染まる、その少し前の一番見どころのない状態だった。後輩二人と波多野はまだ作業を続けていた。

「鍵《かぎ》だけ頼める？」

「うん、わかった」必要最低限の会話だけを交わして僕は校舎の外に出た。下りの長い階段を降りるとき、僕はいつも寂しい。生物部も、そこにいる人間たちも、そしてその作業も特段好きではないけれど、いつも一足早く一人部屋を出る僕は誰より寂しい。期末テストが近いので、図書館に寄って勉強をしようかと思い立ったけれど、無意識に足は駅の方へ進んでいった。

夏休みに入って一週間くらいのことだった。期末テストで赤点を取った生徒の補習期間が明けてすぐ、生物部で釣りに行くことになった。年に一度か二度だけある、シラス選別以外の活動だった。学校から電車で二十分ほどのところにある港の堤防みたいなところへ行き、釣りをする。そして釣れた魚を学校へ持ち帰り解剖して、胃袋を取り出し消化物からその海での生態系や魚の食生活を調査する。シラスの死骸を漁《あさ》るより、胃袋を開いて溶けかけの魚を弄《いじ》る方が随分やる気が出た。

朝の六時半の集合時間、磯の香りというよりは海独特の臭さが漂う港の最寄駅には浅《あさ》田《だ》先生も来ていた。学外での活動には必ず教職員の引率が必要だからだ。普段は生物実験室の鍵の管理くらいが顧問としての主な役目で、顔を出すことはほとんどない。浅田先生は四十過ぎの理科の先生で、生物を中心に化学や地学など広く授業を受け持っている。理科の教師なのに変にガタイが良い。胸板は厚く肩幅が広い。オールバックで声が大きい。板書の文字はいやに大きく、黒板をすぐに埋めては消すのでノートを取るのにいつも苦労させられる。

授業終わりの休み時間、次の教室への移動中、浅田先生が地学の授業に使う地球儀を片手でダンベルを上げるように上下させ、歩いているのを見たことがあった。筋トレが趣味のようだ。体育科の教師でもないのに、意味もなく身体を鍛えている浅田先生は不必要に着飾っているみたいで、むしろ女々しく感じられた。部員も全員集まった。僕と波多野、そして後輩が二人。もう一人は何か私用があるらしく来なかった。

四人しかいないのに、浅田先生は駅前で点呼を取った。学外での活動で教師らしく振る舞いたいという浅ましさが容易に読み取れる。海沿いにある国道を歩いて十五分ほどの海に向かう。僕は早朝の眠気と暑さ、夏休みの気怠《けだる》さが合わさって誰とも会話する気など起きなかった。波多野はいつも通り、苔《こけ》むした地蔵みたいに何も喋《しゃべ》らず表情も変えず、じっとり濡《ぬ》れている。これまでうわべの会話しかして来なかった部員たちに会話はなかった。それが普通だったし、気楽だった。でも浅田先生だけは沈黙を殊更嫌がって、僕らの間を取り持って詐欺師のように喋った。

堤防は海を区切るように湾内にせり出して、右側の海に接する部分にはテトラポッドが不細工なテトリスのように組み合わさって積み上げられている。波が打ち寄せるたびに塩水が堤防にぶつかり、霧となっては何度もちんけな虹《にじ》を見せた。

コンクリートの堤防の真ん中辺りに着くと全員が荷物を下ろして釣りを始める準備に取り掛かった。浅田先生は氷やタオルを買ってくると言って、せっかく来た道を引き返して行った。

浅田先生が持ってきてくれたクーラーボックスには小さい毛の生えたミミズみたいなのがうじゃうじゃ蠢《うごめ》くプラスチック製の箱とスペアの釣り糸、そして日焼け止めのクリームが入っていた。釣竿《ざお》は各自前日に学校から持ち帰って持参した。ちゃんと釣りをするにはどれくらいの道具が必要なのか、僕には良くわからなかったけど、想像上の釣り人と比較するに、軽装備に違いなかった。僕らは学校で体育の時に穿《は》くことを義務付けられた名前入りの青いジャージの長ズボンとTシャツ姿だ。けれど想像上の釣り人はポッケのたくさんついた防弾チョッキのようなベストを纏《まと》っている。しゃがんで釣竿に糸と針をつけた。去年も夏にはここに来て釣りをしたけれど、一年たってリールと糸のセッティング方法や針のつけ方など、全ての手順を忘れてしまっていた。やり方の分からない細かな作業と夏の焼き尽くすような日差しが僕のメンタルのバランスを徐々に揺らしていった。釣竿もクーラーボックスも何もかも、海に投げ出してしまいたいと心から思った。絡んだ糸を力任せに引いたら、コンクリートの地面に垂らしていた釣針が勢いをつけて指のほうに飛んで刺さった。痛みを感じて脊髄《せきずい》反射で手をひいた、けれど不思議と声はひとつも出なかった。白んだ人差し指の上の小さな赤い点がガラス細工を作るように膨れ、綺麗《きれい》な赤い球体になる。臨界点を迎えた球体はその完成された形を崩し、液体に戻って指の指紋に沿って流れ落ちた。拭《ぬぐ》うこともなく、じっと見た。ただじっと、血が重力に従って流れるのを遮《さえぎ》ることがないように見ていた。

「大丈夫？　ふく？」見上げると釣竿を持った波多野がいた。差し出した右手にはティッシュを持っている。肉のついた顔を下から見上げると、光の加減なのか目が開いているのか閉じているのか分からなかった。いいよ、大丈夫。そう言って血のついたままの手をジャージのポケットに突っ込んだ。ザラザラとしたポケットの裏地を握ると、底にたまった埃《ほこり》の塊と校庭の砂利が固まっているのに指先が触れた。浅田先生はビニール袋を手に下げて帰ってきた。夏の陽の中で見るビニール袋はカメラのフラッシュのように眩《まぶ》しかった。先生が近くに寄るとほのかにタバコが香った。潮風と混ざったタバコの匂いは何故だか懐かしかった。

ようやく釣りを始めた頃には、僕はもう疲れてしまっていた。堤防から竿を振って糸と浮きを投げた。部員四人が等間隔に並んで、男子トイレで小便をしているみたいだ。釣りはいまだに楽しみ方が分からない。とにかく待ち時間が長い。波に煽《あお》られ揺れる浮きをずっと眺めて、釣れるのを待ち続ける。食うものに困ってするならまだしも、趣味で釣りをする人の気がしれない。釣りの最中は時間の流れが異常に遅く感じる。携帯を開くとまだ十分も経っていなかった。後輩の二人は僕より飽きっぽかったようで、リールを巻き釣針を回収して、堤防の先に歩いて行った。波多野と二人残されてしまった。

「どう、釣れそう?」と尋ねると、

「うーん、釣れそう」とだけ言った。波多野は無口なやつだった。無口というのは正しくないような気もする。中身が空っぽで、思考は常人よりずっと遅く浅い。大きな空洞みたいに、話しかけるたび投げかけたのと同じ言葉が返ってくるだけだった。僕は先生の買ってきたタオルを頭に巻いた。直射日光が幾分防げるし汗も吸ってくれる。

「波多野もタオル、巻いたら」

「巻き方分かんない」

「僕も分かんない、適当につけた」波多野は釣竿を地面に置いて、タオルを持って後ろに二歩、体を反転して二歩歩いた。複数の物事を処理しようとするとき波多野はいつも行動に小さいバグのような兆候が表れる。少し間を置いて、波多野は釣竿の柄の部分を踏みつけて両手でタオルを巻いた。この最中に魚が餌に食いついたら面白いなと思ったけれど、そう上手《うま》くはいかなかった。波多野の頭のタオルは、巻いたとか結んだとか言うよりは風に飛ばされ引っかかったみたいだった。

釣りを始めて一時間ほど経った頃だろうか、堤防の先の後輩二人が騒ぎ出し、しばらくすると戻ってきた。左手に持った糸の先には文庫本くらいの大きさの赤い魚が体をしならせるように跳ねている。いくつかのウェブサイトを参照して確かめると、ブダイの仲間だった。まだ小さいので逃してやっても良かったんだろうけれど、そんな判断が出来る部員は一人もいなかった。そもそもこれが成魚なのか稚魚なのかもよく分からない。釣針を外すためのペンチのような工具を魚の口にねじ込む。すんなり取れれば良いが、素人がやると拷問器具を使って無用な苦しみを増やしているようだ。やっと針の外れたブダイを海水と氷を入れたクーラーボックスに入れる。一分と経たぬうちに腹を上に向けて動かなくなった。クーラーボックスの無機質な青、そして氷の下で真っ赤な魚の輪郭がでこぼこに曲がって、真上から覗《のぞ》くといつか美術の授業で見た抽象画のようだった。

それから三十分ほどが過ぎた。餌につけた毛虫が動かなくなったのではと思い、リールを巻いて陸に上げてみる。案の定そいつはもう動いていなかった。ただ針で刺して海に泳がせて死なせただけだ。新しく活《い》きの良いのと付け替えてまた針を海に投げた。投げてすぐ、釣り糸がピンと張って海に引きずり込むような大きな力が体に伝わってきた。海中で四方に魚が動くたびに両手で持った釣竿の柄が僕の腹部に勢いよくぶつかり、薄い腹筋に食い込んだ。クーラーボックスに座っていた浅田先生も遠くにいた後輩も近くに集まって、騒ぎ出した。波多野も糸の先にいるまだ見えない魚を目で追っていた。手応《ごた》えから大物の予感がした。この細い糸だけで繋《つな》がっていることが不安になり始める。大きいといっても僕の身の丈を超えることは絶対にない。それでも恐怖を感じる。きっと向こうも怖いんだろう、僕よりも怖いはずだ。広い海で独り生きてきて、たった今食事の最中、針が口内に刺さり、引っ張られるんだから。そう思うと勇気が湧いた。僕がこの魚を逃したとして命を取られるわけじゃない。せいぜい周りががっかりするくらいだ。でも向こうは命が掛かっている。互いの賭けるものの重さが違う不公平な勝負だった。こちらは釣竿を使って、食物に針を隠した不意打ち。あちらは裸一貫。捕らえられない訳がない。リールを巻くたびに魚は少しずつ近づいた。海の表面近くまでくると、のたうつたびに鱗が光に反射してキラキラ光った。水面を切り裂くように尾ひれが跳ねた。墨のように淡く黒い。しばらくは必死に抵抗していたが、数分もすると力なく私の釣竿の動きに引き摺《ず》られるほどに弱り出した。堤防のコンクリートの間際に引き寄せると浅田先生が持ち手の伸びる網で掬《すく》ってくれた。釣竿を持つ僕も、網を持つ先生も海に引き摺り込まれそうだった。

陸に上げた魚はなんとも大きかった。びたびたとコンクリートの地面に頭を打ち付け、人の手に掛かる前に自害しようとしているかのようだった。跳ねるたびにコンタクトレンズ大の鱗が地面に散った。魚から幾分離れたところで巻尺を伸ばしてサイズを測る。おおよそ四八センチ。五〇センチにはいかない程の大きさだ。クロダイだった。かなりの大物で、腹はパンパンに膨れていた。真一文字に唇を結び、一点を見つめて、死ぬ覚悟は出来ていると言わんばかりの面持ちだった。浅田先生は大きい魚だし、ここで〆《しめ》た方が良いかもしれないと言って、アイスピックのような器具を取り出した。それを僕に手渡すと、目の間にグッて刺すだけだからやってみな、とだけ言って全てを任された。携帯で「クロダイ　〆方」と調べると分かりやすい解説画像が沢山あらわれた。その画像の一枚を拡大し、目の前にいるクロダイと画像の魚の額に書かれた黒い星のマークを見比べる。細く鋭い刃先をタイに当てがう。全員が小さく口で息を吸う音が聞こえた。近くにいた波多野が魚を挟んで僕と対面するようにしゃがみ込み、魚の背鰭《せびれ》から腹の辺りに手を当てた。動かないように押さえつけるというよりは撫《な》でてやるという感じだった。

「いきます」とだけ僕はいい、額に当てた切っ先を力を込めて刺した。両目の間から、少し上にずれた位置だった。体内に入ってから位置を修正するように下向きに力をかける。肉を切り裂くように進んで、コツっと何か硬い部分にぶつかる。クロダイは波多野の手と地面を往復ビンタするみたいに小刻みに二度三度叩いてから、体の緊張を解いた。一文字に結ばれた唇が開き、黒目の範囲が広がっていった。抜いたアイスピックは赤黒く染まっている。尻尾の付け根辺りに浅田先生は切れ込みを入れ血抜きを始めた。慣れた手つきで、釣りは何度もやっているようだ。その様子を見るうちに、クロダイの眉間を刺した時の筋肉の緊張が全身に広がっていった。

帰りは浅田先生が車で一緒に送ってくれた。家族もいないのに後部座席が二列ある広々とした車で、私立の教師は稼いでいるんだなと思った。メタリックな赤い車は、直射日光に熱せられて真っ赤に茹だったかのようだ。ドアは開けられないほどに熱く、Tシャツの裾《すそ》を手袋みたいにして摑《つか》んだ。四つのドアを全て開け放して、浅田先生は半身を車内に突っ込み、キーを差し込んでエンジンをつけてクーラーを全開にした。朝ここに向かう途中に聞いていたであろうラジオが流れた。女性アナウンサーが厳かな声でどこかの国の選挙結果を伝えていた。

生物実験室に着くと、清潔そうな銀色をしたハサミやトレー、ピンセット、シャーレを準備した。浅田先生はその様子をしばらく見守ってどこかへ行ってしまった。トレーの上に一年生の釣ったブダイ、そしてもう一つのトレーにクロダイを載せる。切れ込みを入れられて皮一枚で繋がった尾ひれは収まりきらず、机に投げ出されていた。釣りの時も学年で分かれていたので、なんとなく解剖の時も同じように分かれることになった。一つの机で作業をするのも手狭で、別々の机で解剖を始めた。波多野はまず魚をはかりに載せる。二三八六グラム、僕はルーズリーフの一枚にメモを取る。理科の資料集の解剖のページを参照しながら、僕はハサミで肛門《こうもん》から下顎の部分にかけて切り開いていく。資料集には写真と一緒に解説が載っていたが、クロダイよりもだいぶ小さい青魚だった。参考になるのか分からない。とにかく同じ手順をなぞるようにしてハサミを入れる。あまり深く刃を入れると内臓も一緒に切れてしまうのではと思い、慎重に切り開いていく。波多野はやることがないのか、ティッシュペーパーで机の濡れたところを拭《ふ》いていた。魚が大きいからなのか、ハサミの切れ味が悪いのかとても握力を使う。体の半分に切れ込みが入ったところでもう手に力が入らなかった。

「代わってくれない」と声をかける。

波多野は「わかった」とだけ言い位置を替わった。腹に刺したままにしたハサミの持ち手を握り、もう片方の手を背鰭のところに添えるようにして切り裂いていった。エラのあたりを過ぎたところで、その辺で大丈夫と声をかけた。冷房の効いた部屋なのに、こちらに振り返った波多野の額には汗が滲んでいた。そこからまた僕に交代して、下の切れ込みからエラの方に向けてハサミを入れていく。さっきまでよりは簡単に刃が入った。エラのあたりまで切れ込みが入ったところでハサミを置く。銀色のトレーの淵には生臭い赤い汁がひたひたと溜まっていた。

上の身を左手で持ち上げて体内を覗き、内臓の位置を確認してから、右手を差し込み優しく掻《か》き出す。薄い膜で一連に繋がった臓物がずれるようにせり出した。心臓や胃や腸、生殖器官であることは資料を見て分かったが、その様子は小魚とはだいぶ違っている。胃や腸は大きく膨れていて、重量感があった。内臓を触った右手は手袋をしているけれど、クロダイの体液が浸透しているのではないかと思われた。手袋の内部で何かぬめりのようなものを感じる。ここで一旦《いったん》手を止めて、内臓の塊を水で洗う。集中していたから気がつかなかったけれど、背後の机で作業していた後輩二人はもう解剖が終わって暇を持て余したのか携帯でゲームか何かに興じている。机の上を覗くと、溶けかけた深い緑色の海藻がシャーレにまんべんなく広げてあった。特に物珍しいものが出てこずに飽きてしまったようだ。ほどなく二人はコンビニいってきますとだけ言い残して教室を出ていった。波多野とふたりきりで、流水で汚れを綺麗に落とした内臓をシャーレに移す。先程まで赤黒かったのに、今は薄いピンクや黄色で洋菓子のアソートみたいだ。

まずは胃の前後に繋がっている管をハサミで切る。

管を切ると濃い香りがした。生き物が汚物に変わる匂いだ。腸の一部が切れてしまった。便なのか尿なのか分からない茶色い液体がシャーレの上で輪郭をぼかすように広がった。腸を切り離し、ビニール袋に詰めて口を縛る。残った胃は大ぶりで腐ったトマトのようだった。

「切ってなか出すから写真撮って」

「わかった」後輩たちがテーブルの上に置きっぱなしにしていたデジタルカメラを胸の前に構えた波多野は準備万端といった様子だった。身体を捻って、背後にある清潔な空気を吸って息を止める。正面に向き直ると胃の壁をハサミで切り開いた。胃の下に切れ目を入れ終わると、角度をつけて中身をひっくり返すみたいにシャーレに内容物をぶちまける。小さなカニの足や溶けかけた小魚、貝殻などが小鉢によそった和《あ》え物のようにひとかたまりとなっていた。割り箸《ばし》を使い、ほぐして広げていく。

「オッケー、撮って」波多野は僕の右隣に立ってカメラの小さな液晶画面を覗《のぞ》いた。僕もその被写体に目を移すと、見慣れたものがあった。見慣れているけれど、そこにあるのが信じられなかった。

赤く溶けかけた指。第一関節から先、爪にかけての部分。ぶよぶよとした質感を触れなくとも想像できる爛《ただ》れた赤。光沢のある爪の白。指だと認識したと同時に胃酸が喉を込み上げた。喉の奥で粘度の高い唾液《だえき》が泡だっていく。唾液を飲み込み、胃酸を押し戻した。「これ、人の指だよね」波多野に尋ねると、

「小指かな」と答えた。波多野に質問して、発展した内容が返ってきたのはこの時が初めてだった。なぜ冷静に観察出来ているのか理解が出来なかった。けれどその態度のお陰で幾分か平静さを取り戻せた。

右手に持っていた割り箸の存在を思い出し、ゆっくりとその指を目の高さまで持ち上げると、力任せにもいだような切断面が見えた。肉から剝《は》がれた薄皮が水分を吸って垂れ下がっている。人体の内側を、僕は初めて見た。骨の断面はギザギザとささくれだっている。長いけれど手入れされた爪からは女性らしさが感じられる。僕はその肉片を見ている間、ずっと左手の指を別の生き物みたいに動かした。血の通った自分の指の感覚を確かめたかった。

「大学生がさ、川で溺《おぼ》れたってニュース、一昨日やってなかったっけ」

僕は小さく囁《ささや》くように言った。

言ったけれど、この指の持ち主が誰なのかはどうだって良かった。波多野からは何の返事もない。波多野を見ると、まだ胸の前にカメラを構えたままだ。視線を戻してしばらく指を見つめたあと僕は「どうしようか」とだけ言った。先程は波多野から答えが返

ってこなかったから、少しだけ強く、芯《しん》のある声で言った。

「隠そうよ」波多野はそう言って、僕がシャーレの縁に置いた箸を取って、腐りかけの指をつまんだ。そして先程クロダイの内臓を入れたビニール袋の前まで行って、「開けれる?」と僕へ問い掛けた。僕は持ち手の部分を固結びにした袋を開けようと、指先に力を込めるけれど身体の末端に力が入らない。僕の身体は恐怖と、昂揚で震えていた。袋の結び目の横、少しだけ空いた空間をビニールを引き伸ばすようにして広げて波多野に差し出した。波多野はその隙間に指の欠片《かけら》を入れ込み、割り箸ごと捨てた。僕はもう一つ、他のビニール袋を手に取り、後輩が使っていた机の上に置いてあった紙屑《かみくず》やシャーレに入った内容物の残骸を手際よく捨てた。そして少しのゴミが入ったビニール袋で指を捨てた方の袋を二重にして包み、口を縛った。他のゴミを入れたのはカモフラージュのためだ。

「捨てに行こう」波多野が言った。何故だか名残惜しい。でも、手元に置いておく訳にはいかないことだけは僕も理解していた。二人で教室を出る。僕も波多野も浅い息を肩で押し出していた。二人一緒に、小走りで階段を降りる。夏休みの誰もいない校舎の静けさと、階段の踊り場から見える灰色の教室が拍車をかけるように僕達の気持ちを煽り立てていった。ゴミ捨て場は中等部と高等部の校舎の間、体育館の入口付近にある。五階建ての階段を降りた記憶はもう朧《おぼろ》げになっていた。僕達の呼吸は荒かった。けれど一息で走り切ってしまいたかった。釣りの疲れも、学校生活への退屈も、将来への不安も焦りも、今だけは何一つなかった。体育館の前に着くと金網で作られた大きな扉のようなゴミ箱を開けた。その中にはおそらく野球部が捨てたであろうスポーツドリンクの粉末が入っていた小袋が、大きな黒いゴミ袋に詰められ捨てられていた。僕達の指を包んでいる、コンビニのロゴが描かれたビニール袋をその大きなゴミ袋の中に入れた。口を固く、けっして誰にも解かれぬように結んだ。

「バレないかな」と言うと波多野は、

「バレないよ」と言った。それから教室に戻るまで会話はしなかった。誰にも悟られないようにと二人で心を落ち着けながら生物実験室に帰った。

僕達が帰ると後輩の二人、そして浅田先生が戻ってきていた。

「おう、お前らどこ行ってた？」

「解剖で出たゴミ捨てに行ってました」僕は今出した声が普段の声色なのか分からなかった。けれど先生の顔を見ても僕の言葉を怪しんでいる様子はない。先生はどこ行ってたんですか、と聞くと、

「調理実習室見に行ってたんだ。こんな大きな魚釣れるなんて思ってなかったからさ。包丁とまな板、あと醤油《しょうゆ》。あんまり下処理ちゃんとしてないからさ、美味《うま》くないかもし

れないけど、せっかく釣ったしさ、勿体《もったい》ないじゃん」

人の指を胃袋に収めていたクロダイが綺麗に水で洗われて、まな板の上に載せられていた。僕は叫び出したいような気持ちだった。浅く息を何度も吸った。吐くことが出来なかった。浅田先生は手際良くクロダイの骨を断つように頭を落とし、三枚に下ろしていった。その調理中も浅田先生はうんちくか豆知識か何かを得意げに披露していたけれど、ひとつも頭に残らなかった。クロダイの身と皮の間に包丁を入れて剝いでいく。最後に大きさを整えるように、さくを取ったあと、斜めに丁寧かつ素早く包丁を入れ、クロダイは刺身になった。

「じゃあまずは先輩方から」と浅田先生はおどけた口調でのたまい、僕と波多野のいる方にまな板を押してずらした。実はこいつの胃袋に人の指が入ってたんですと言ってしまいたかった。そういえばこの刺身を食べなくてすむ。そう言えたら楽だった。浅田先生は紙皿に醬油を入れて僕達の前に置いた。

なんとか断る理由を考えたが何も思いつかない。僕はまな板の上の刺身の右端を素手で摑んだ。

「お、良いな。海の男みたいで」何も知らない浅田先生は気楽に軽口を叩いている。僕は波多野を促すような目付きでじっと見つめた。すると波多野も素手で刺身を摑んだ。

僕の決心がつくより先に波多野は刺身を食した。醬油の皿にその身の半分を浸して、遅れて僕も口に運んだ。噛《か》むたびに誰かの血液で口が満たされていく感じがした。胃がむかついて、飲み込むのを身体が拒絶している。それでも僕の理性が飲み込むことをやめさせなかった。僕が刺身を食べ終わって、波多野は無言でまな板を後輩の前に押して差し出した。何も言わずに僕は、波多野の方を見ることも出来ず、指をぎゅっと握り込んだ。朝の人差指の傷が痛む。傷の近くは熱を持っていて、明日には膿《う》んでしまうだろうと本能的に分かった。クロダイの身は全て五人の胃袋に収まった。

都会の夏は無機質なビル風が強く吹いて目に沁みる。家から程近いモノトーンで統一された清潔そうな病院に向かっているところだった。ずっと制服だったから、大学に入ってからは何を着て外に出れば良いのか分からない。結局チノパンに無地のTシャツを着ている僕は、都会の中で名前のない人間になっていた。原色のサマーニットを着たり、ピアスを開けるのに憧《あこが》れてはいたけれど自分なんかにそんな資格があるはずもない。高校生の頃も一人だと思っていたけれど、一人暮らしをするとより一人だった。家はあるけど、帰る場所がない。ホームシックなんかじゃあない。もし仮に友人や家族や恋人がそばにいたって、僕は誰からも隔絶されている。

何かきっかけがあったわけではないけれど、僕は病んでしまった。大学二年生の梅雨の頃、講義に行くことが出来なくなった。心療内科を六軒まわってやっと僕は異常であると診断された。自分のうだつの上がらない現状に名前を付けられれば安心出来ると思ったから、納得のいく診断が出るまでいくつもの病院をまわった。病気であると認めてもらいたいと病人らしく振る舞い、僕の心はより病んでいった。

大学受験で僕は両親のお眼鏡にかなう学校には合格できなかった。父親はがっかりした様子だったが、理想通りに育たなかった僕を見放すように進学を勧めた。実家から通えなくもない距離だったけれど、大学の近くにアパートを借りる金を出してくれた。毎月一定の金額を口座に振り込んでもくれる。今の生活に不自由はない。

今日昼ごろ起きると、久しぶりに体調が良い気がした。果たして効いているのか分からない薬を飲み続けた甲斐があったのかもしれない。普段は見ることのないテレビを付けても、女のタレントの甲高い笑い声が鬱陶《うっとう》しく感じられなかったし、いつもは面倒臭いシャワーも浴びられた。夏休みに入る前にもう一度大学に行こうと思った。今学期ほとんど授業に出ていない。今日行かなければもう二度と行けなくなる気がした。授業に出なくても良いから、図書館に行ってみるとか、構内のグラウンドでサッカー部の練習をぼんやり眺めてみるとか、とにかくキャンパスに入らなければと思った。他に行くところがないから経済学部に入ったけれど、学問に一切興味が持てなかった。人生で初めて好きになった女が色んな男と寝ているという噂が聞こえてきて、他人にも興味が持てなくなった。バイトの塾講師は自分より良い大学に通う同期たちが羨《うらや》ましくなって辞めた。他人が怖いというより、他人と関わるたびに活性化する劣等感に腹が立った。

カウンセリングにも行ったけれど、担当の女性カウンセラーが色っぽく見えて、ふつふつと欲情を感じた。けれどカウンセリングが終わっての帰り道、ネットで彼女の名前を調べると一流大学を卒業したことが分かり途端に怒りが込み上げて、その女の首を絞める妄想が脳を冒した。結局その一回行ったきり、二度と行っていない。多量に摂取すれば死ねる薬の用法用量を守ることで未だ生きながらえている。

僕の部屋にはペットボトルや冷凍食品の包装、使うことのない教科書、しまい忘れた冬服などが散乱していた。部屋の中からまだ着られる洋服を探す。リュックサックは数日前に病院に行ってから、使っていない。背負うとやけに重く、飲みかけのペットボトルが入れっぱなしになっていることを思い出した。外には出られたのに、ペットボトルを取り出すのはどうにも面倒臭くて駄目だった。

最寄駅から電車で二駅ほどで大学に着く。大学名を冠した駅名のアナウンスが耳に入ると急に、決意が揺らぎはじめた。電車が止まって扉が開く。僕の後ろに立っていたスピーカーを押した女性が、すみませんと言って通り道を作って欲しそうにしていたので、横にずれるくらいならと前に進んだ。なんにせよ電車を降りられた自分自身が尊かった。

駅のホームの階段に向かう途中、前を歩く男子高校生が二人話している。

「日本ってさ、海外に比べて街中のゴミ箱少ないらしいよ」

「へぇー、なんで？」

「昔バラバラ殺人があってさ、死体がゴミ箱に捨てられたんだって。それで撤去されたらしいよ」

バラバラ殺人と聞いて、思い出した。ずっと忘れていた。

僕の人生で一番刺激的な出来事だったはずなのに。脳の思い出をためておく部分が萎《い》縮《しゅく》し、弱りきってしまっているんだ、きっと。


波多野は今どうしているだろう、ふと話したくなった。僕は卒業式の日に登録した波多野のメールアドレスを探した。

波多野は現役で大学に受からなかった。そして一浪しても行くところが決まらず二浪目に入ったと成人式の二次会で聞いた。波多野は勿論その場には居なかったから、陰口の恰好《かっこう》の的だった。

指のことがあってからも僕と波多野は特別仲良くなりはしなかった。仲良くなることはお互いが望んでいなかったのかもしれない。あの日のことをお互いが忘れないために、そして他言することが無いよう監視しあうために、こそこそと話していた。

波多野の顔がうまく思い出せず腹立たしい。目が霞《かす》んだように、波多野の顔は細部が安定せず、細部を思い出そうとすると全体像まで崩れていった。

ひさしぶり　田邊《たなべ》です
浪人生活はどう？　予備校とか行ってるんだっけ？
さっきひさびさに指のこと思い出したから、メールした
覚えてる？

送ってすぐに電話が掛かってきた。波多野からだ。

「もしもし、波多野？」

「うん」

「びっくりしたわ、電話かけてくるから」

「指のことちょうど考えてたから」

「あぁ、そうなの。ってか忙しくなかった？　勉強してんの？」

「うん、勉強はしてる。でももう受からない気がしてきた」

「勉強してんでしょ、二浪したら受かるでしょ、普通」

「うーん、どうなんだろ」


後に何か続くのかと思って聞いていたけれど、何も言ってこない。会話が終わるのがなんだか心細くて、何か会話の糸口がないか考えた。波多野に関して、一つ気になっていたけど、一度も聞いたことがないことがあった。聞いちゃいけない気がしたけれど、他に話すこともなかった。


「高一の時に生物部の先輩に聞いたんだけど、波多野地震があった日、覚えてる？」

「うーん、いつの地震？」

「中二のとき、波多野学校にいたんでしょ、停電してさ、生物実験室の魚が全部死んだじゃん」

「ああ、あったね」

「あのとき、波多野何してたの？　見殺しにしたんだろ？　お前が殺したんじゃないかって、凄《すご》い失礼な話だけど、思っちゃったんだよね。本当はどうなの？」

「うーん、電気が止まって寒そうにしてたから、一匹ずつ手で握ってあげた」

「握ってあげた？」

「うん、水槽置いてある机に登って、水の中にいるピラルクを両手で順番に握ってあげた、死んじゃうかもしれないけど、温めてあげようと思って」


　電気のつかない薄暗い部屋で机によじ登り、水槽を覗き込んで、両手で魚を包む波多野の姿を頭に描いた。波多野の手の中で大きな熱帯魚が少しずつ目に光を失っていく。言葉数が足りずに自らを表現しきれない波多野が僕の頭の中で、補完された。人間らしさがないのだと思っていたし、知能が低いのではと疑っていた。けれど死んでいく魚を少しでも温めてやろうと手を尽くす波多野は、僕なんかよりよっぽど慈悲深い。波多野があの魚を殺《あや》めたのだと思っていた。事実、そうなのだろう。温めようとして手で握れば、魚は簡単に死んでしまう。けれど、波多野に人間らしい優しさがあるという事実が僕にとって、受け止めきれないほどの苦痛を生んだ。あいつは僕よりも下に位置すべき人間だと思っていたのに。いや、人間だとも思っていなかったのかもしれない、人に似た、違う生物だと見下してきた。悔しさなのか、悲しさなのか、形容し難い感情が込み上げた。僕の心の内が自分でも理解できなかった。波多野が人になった。その代わりに自分は人ではない生き物に格下げされたような気がした。僕と波多野の順位は入れ替わった。僕は人から外れているのかもしれないけれど、あいつはもっと外れていると安心して生きてきたのに。

「そうだったんだ、ごめん、大学の授業あるから切るね」
「うん、ごめん。ありがとう」

大学に行くのをやめて、僕は再び電車に乗った。向かう先は決まっていた。二時間半ほど掛かるだろうか。電車の中でリュックを探ると、病院でもらった数種類の錠剤の束と飲み掛けのペットボトルが入っていた。処方された睡眠薬の説明を読み直す。乗り換えの駅の売店で缶の酒を買った。アルコール度数の一番高いやつを選んだ。睡眠薬と酒の飲み合わせは禁忌と処方箋《しょほうせん》に赤字で書かれていた。乗り換えの電車に乗ると向かい合った四人がけのボックス席の窓側に一人で座り酒を飲んだ。外を眺めるとビルの多く並ぶ街並みは次第に自然の多い風景に移り変わっていった。

さっきは電話ありがとう
指のこと思い出して、なんか懐かしくなって
僕は忙しくて帰れないから、代わりにあの時の同じところで明日釣りしてよ、受験勉強の息抜きにちょうど良いから
明後日でも良いから
頼んだ

メールを送った後は、携帯の電源を切った。電話がまた掛かってくると煩《わずら》わしいことになる。

駅に着くと、懐かしい海独特の臭さが漂っていた。

僕は静かに泣きながら歩いた。波多野の手に握られて身動きの一つも取れぬよう、きつく締め付けられる自分が思い浮かんだ。息苦しさと温《ぬく》もりから逃げようと、身をよじっても抜け出せないような握力に圧迫され、死んでいくみじめな魚が僕だった。

焼け石

ホワイトボードに結露した細かな水滴は昆虫の複眼みたいに密集している。サウナ清掃点検表と記されたホワイトボードは黒い枠線で仕切られていて、その十六時の欄に『葛木《かつらぎ》』と書いた。わたしの苗字《みようじ》。水滴が黒くなって垂れている。マスカラをしたまま泣いているみたいだ。わたしの苗字。少し珍しく、そして恰好《かつこう》良いから気に入っている。

わたしが振り返り大浴場を歩み出すと、近くに立っていた男性たちはみな、清掃したてのサウナ室に入って行った。わたしに気を遣ってくれているのだろう、全員白いタオルで股間《こかん》を押さえるように隠している。けれどその仕草がはたして正しい気遣いなのか、女のわたしにはよく分からない。裸の男性が嫌でも目に入る職務にはもう慣れた。周りの社員やバイトがどう思っているのかは知らないし、知ったことじゃない。しかし男風呂のタイル張りの床にわずかに感じるぬめりとざらつきは未だに不快で、慣れることがない。長靴か何かを履かせてくれても良いのではと思うけれど、それは許されていないようだし、わざわざ社員に許可を取るのも煩《わずら》わしいから裸足《はだし》のままだ。

出口に一番近い洗い場の蛇口で気休め程度に手足を洗い流して大浴場を出た。サウナマットを乱雑に詰めた籠《かご》は重く、このままこのバイトを続けたら腕が少し長くなるのではと思ってしまう。

脱衣所にわたしが入るとすぐに緊張が部屋全体に広がっていった。高校生のグループだろうか、騒いでいた男の子たちが静かになった。失礼しました。そう言って青い暖簾《のれん》をくぐる。男の子たちがまるでスーパーカーが目の前を通過した時の子どもみたいに騒ぐのを背中で聞いていた。

木材を基調に作られた和の風情豊かなスーパー銭湯。長い廊下の途中にある、錆《さ》びたように赤茶けたドアを一枚挟んだバックヤードは飾りっ気のないコンクリートの打ちっぱなしで、清掃業者にまわすタオルや館内着の入った大きいゴミ箱のような容器が道を塞《ふさ》いでいる。ここに来ると、いつも夢から醒《さ》めたような気持ちにさせられる。水を含んだ布から出る湿気と腐葉土みたいな臭気。それらに対する嫌悪感はきっと人間の遺伝子に組み込まれているのだろうとわたしは思っている。早足で通り抜け、バックヤードの溜《た》まりに着いた。壁沿いにはロッカーが並んでいる。その一番手前、入口に近いロッカーは二箇所、大木のうろのように深く大きく凹《へこ》んでいた。三年前バイトにいたグアンさんという人が蹴《け》っ飛ばして出来た跡だそうだ。グアンさんはスーパー銭湯に併設されたお食事処の担当で、客の残した梅酒を廃棄せずに飲んでしまって酔っ払い、バックヤードに戻ってくるなりロッカーを二度強く蹴ったそうだ。社員は弁償しろと強く責めたけれど、翌日からグアンさんは姿を現さなかったらしく、結局今日までそのままになっている。この一連の犯罪行為はスーパー銭湯で起こった武勇伝のように語り継がれている。

古株バイトの芦田《あしだ》さんはその話を後輩に聞かせるのが好きなようだ。わたしがバックヤードに着いた頃、芦田さんは新しく入ったバイトの男の子に、またグアンさんの話を聞かせている最中だった。わたしが聞かされた時に比べると、ロッカーを蹴る音のオノマトペはダイナミズムが増している。わたしの時は『ガンガン』だったのに、今では『ガッシャンガッシャンガッシャン』となっていた。蹴られた跡は二箇所なのに音が三度鳴っているあたりから浅はかな芦田さんの人となりが窺《うかが》える。二十八歳の芦田さんは夢を追いかけているわけではなく、ただフリーターをやっているようだった。

スーパー銭湯のバイトは時間の都合が付きやすいのか、わたしのような大学生以外は、声優だとか芸人だとか、とかく夢追い人が多い。その中で芦田さんは将来を見据えず、ただスーパー銭湯での仕事に取り組んでいる稀有《けう》な人だった。社員と年齢は変わらない。けれど真面目な仕事振りというわけでもないから、社員にはならない。

ひとしきり話が盛り上がって、盛り上がったというよりは一通り話し終えて気分が良くなったからか、芦田さんは仕事に戻っていった。一人残された今回の標的、滝《たき》くんは最近入ってきたバイトの一人だ。バイトは七十人近くいる。夜間の風呂場の清掃を担当する人達とは、二年近く働いても顔を合わせたことがない。滝くんとわたしは担当が同じで、お互い大学生だからシフトの被《かぶ》る時間が多い。

かといって話したことはほとんど無かった。

滝くんはバイトに入った初日、わたしが男風呂のサウナ室の清掃を担当していると知って、社員に対しておかしいのではないかと直訴したらしかった。その噂が広まって、滝くんは難しい人と認識されている。もう皆大人だから無視したりすることはないにしろ、仕事上での会話以外、滝くんに話しかける人はほとんどいない。わたしはわたしでどう対応してあげるべきか分からずにいた。わたしの待遇について、彼は声をあげてくれたのだ。とはいえありがた迷惑と言えなくもない。

このことを知ったのは、直訴の二日後バイトに入った時だった。ロッカールームで小豆色の作務衣《さむえ》に着替えているわたしのところに社員の樺沢《かばさわ》さんが不安そうな顔でやって来て、

「新しく入ったバイトの滝くんが昨日私のところに来たんだけど」

とだけ言った。

樺沢さんは営業中の男風呂のサウナ室の清掃をわたしに申し付けた張本人だった。それまでフロントでロッカーキーとタオル一式の入った手提げを渡すだけだったわたしは一瞬戸惑ったけれど、戸惑いを気取られてはいけないと思い、二つ返事で引き受けた。若い女子バイトが男風呂の掃除をするのは初めてのことだと、夢追わず人の芦田さんは騒いでいた。

樺沢さんは三年生になって大学の課題や就職活動で忙しいだろうとわたしを気遣って、休憩時間の多いサウナ室の清掃をわたしに託してくれたと噂で聞いた。女性のサウナ室の掃除は古株のパートの人が担当しているから、仕方なく男性サウナになったらしい。樺沢さんは誰に対しても優しく、長くバイトに入っているわたしには特に優しい。三十代前半くらいらしく、おばさまの多いこの職場では比較的年齢も近い。わたしを見つけるたびに爪や髪が綺麗《きれい》と褒めてくれる。

直訴の噂は、おそらく芦田さんから広まっていった。滝くんはバイトからも社員からもどことなく距離を取られているようだった。けれど滝くんはそれを気にする様子もなかった。単に人間関係が希薄な職場だと思っているのかもしれない。バイトなんてお金を稼ぐ場だと割り切っていて、人間関係を築く必要などないと思っているのかもしれない。

ヘアカタログの表紙に載っているような緩いパーマのかかったマッシュルームカットがいかにも大学一年生といった雰囲気だ。整髪料の使い方に慣れていないのか、いつもどこか惜しいといった印象の髪型のままバイト先にやってくる。高校までは野球部だったのだろうとわたしは思っている。強豪校とは言わないまでも、そこそこのレベルの野球部だったのだろう。髪型で顔の印象が変わることに大学生になって気が付き、おしゃれを楽しんでいる。それがわたしの中での滝くんのイメージだ。作務衣以外の姿は見たことがないけれど、きっとオーバーサイズの半袖《はんそで》シャツを羽織っているのだろう。

「滝くん、今来たところ?」芦田さんに解放されてすぐの滝くんに話しかける。丸椅子に腰掛けていた滝くんがわたしを見上げるように首の角度を変え、制汗剤の安い清涼感がふわっと香った。

「はい、今入ったばっかりです」

「じゃあ使用済みのタオル、搬入口まで運ぶの手伝って貰《もら》っても良い?」

「分かりました」

そう言って滝くんは丸椅子から立ち上がった。身長はわたしと同じか、少し高い。わたしは女子にしては背の高い方だけれど、滝くんも男子にしては背の低い方なのだろう。おそらく百七十ないくらい。心の中で素直に小さいなと思ってしまう。心の声と声帯を震わせて出る声の二つがあって良かった。

いつもは浴室清掃担当の他のバイトも数人いるけれど、今日はわたしと滝くんしかいなかった。大学三年生のわたしと一年生の滝くんを除いて、みんな夢追い人だ。すぐ休む。

使用済みのタオルは細いクリーム色の鉄パイプと丈夫な青い布で作られたわたしの腰くらいの高さの籠に入れられている。下に付いているキャスターは常にガタつき、急な方向転換に弱い。朝八時の営業開始から溜まった大小のタオルは籠六つに満杯になっていた。

滝くんは長い廊下を籠二つ押しながら歩いた。

「大丈夫？　二つ押して行ける？」

「はい、全然大丈夫です」

そう元気に答えてから、コンクリートの壁に何度もぶつかり、そのたびに鉄パイプとコンクリート壁の擦れる悲鳴にも似た金属音を響かせた。火花が散るのではと思われるような尖《とが》った音が鳴り、鼠色をした傷だらけのコンクリートにいっそう濃く真新しい一文字の痕《あと》が付いた。先人達も同じミスを繰り返したのだろう、壁の色は変わってしまっている。

長い廊下を抜けて、搬入口へ出る扉に着いた。お客さんが使う駐車場のさらに奥にある搬入口。お食事処で使う食材やタオルの搬入はここで行われる。頑丈そうな鉄骨製の屋根付きで、トラック二台分のスペースが取られている。その壁沿いには『なたねサラダ油』と書かれた一斗缶が一つ置いてあり、スタッフの喫煙所となっている。

二人並んで扉をタオル籠ごと押すように開ける。滝くんが少し遅れたから、二枚の板で作られた扉は左右アンバランスに開いた。わたしが外に出るのが早かったから滝くんの側頭部を勢いの付いた扉が掠《かす》めた。緩いカールの黒髪が浮きあがった。

外に出ると、わたしの籠に、滝くんの二つの籠がピッタリと横付けして斜行するようにわたしを押してきた。あまりに上手《うま》く押すから、滝くんは野球部じゃなくてサッカー部かもしれないと思った。ディフェンダーがボールを奪取しようとする動きに似ていたからだ。スポーツ全般に疎いわたしでも、代表戦で見たことがあったから、滝くんの動きにすぐ喩《たと》えが浮かんだ。

「滝くん、ねぇ、押さないでよ」

怒っていると勘違いされないように、あえて平板に言う。けれど滝くんは斜行を止めようとはしなかった。今まで後輩然とした態度だった滝くんが初めて反抗的だ。

「ちょっと、聞いてる?」

滝くんの顔を見る。眉間《みけん》に力が入り、顔の上半分にクシャッとした皺《しわ》が寄っている。真剣な顔だった。ようやく滝くんが斜行を止めると、

「滝。ちゃんと働いてっか?」

二人しか居ないと思っていた空間に突然第三者の声が飛んできた。わたしの内側で大事な臓器が飛び跳ねるようだった。声の方を見ると、滝くんの押す籠の向こう、壁沿いに芦田さんが座っていた。芦田さんを含め、数人いる。全員煙草を吸っている。今になって、紫煙の薄雲がそこらじゅうを漂っていることに気が付き、煙草の香りが濡《ぬ》れタオルの悪臭に混ざり出す。

「見ての通りですよ」

滝くんは答えた。誰に対しても明るい滝くんの態度がいっそう不憫《ふびん》に思えた。

わたしを煙の漂う空間から遠ざけようとしていたのかもしれない。そう考えると、滝くんの力任せにも納得がいく。けれどわたしは煙草の煙には慣れっこだから、結果としては出過ぎた気遣いに違いなかった。慣れっこというよりも、嫌いではない。むしろ煙草の匂いは好きなんじゃないかと思う。日常的にではないとはいえ、煙草を吸ったことは何度だってある。滝くんからするとわたしが喫煙者なんて少しも考慮に入っていないということなのだろう。

バックヤードから搬入口への往復を二度繰り返し、一旦《いったん》仕事を終えた。勤務時間内ではあるけれど、やることがなくなった。バックヤードで暇を潰《つぶ》す。誰のお土産なのか分からない甘納豆の小袋が箱に入れて置いてある。夜のシフトの人が入ってくる直前の平日十七時。人手は少なく、お客さんは多い。その大半がサウナを目当てにくる。今日は水曜日で、ポイント二倍デーだから、きっと混雑する。

滝くんは社員にどこかへ連れて行かれた。新人研修でも受けているのかもしれない。バックヤードに残ったのはわたしとタイ古式マッサージの女性だけ。名前も国籍も分からない。甘納豆を机に直に置いて指で転がしている。食べるつもりはなさそうだった。

ロッカーからiPadを取り出してきて、机に置いた。置く前に一度ウェットティッシュで机を拭《ふ》く。潔癖とまではいかないのだろうけれど、少し神経質なところがある。表面に残るウェットティッシュの水分をペーパータオルで拭き取った。綺麗だと分かっているけれど、残った水気に、目に見えない雑菌の存在を感じてしまう。

iPadで大学の課題をこなす。次のサウナマットの交換までの一時間弱、わたしは暇だった。仕事は自分で見つけるものだとよく聞くけれど、千二百五十円の時給でそこまで奉仕する必要もない。ここで課題をしているのを社員に見つかってヒヤリとしたこともあったけれど、注意されることはなかった。情報通信工学Ⅱ。手の抜けない授業。GPAはもちろん気にしているけれど、なにより来年入りたいゼミの先生の授業だからだ。手を抜く学生だというイメージを佐伯《さえき》先生に持たれたくない。二週に一度の提出課題を怠りなくこなして、授業が終わるとそそくさと教室を出ようとする先生を呼び止め、質問に行った。

「大丈夫だと思うよ。佐伯さん美人は絶対に取るから」佐伯ゼミに入れるかと不安がるわたしに、一年先輩で佐伯ゼミ生の美琴《みこと》先輩は言った。遠回しな自慢か。軽薄な空世辞か。勘繰って聞いていたけれど、美琴先輩にはそのどちらのつもりもなさそうだった。親身になって、わたしに自学自習に役立つ参考書を教えてくれたから、そう思った。

授業のレジュメを開いたタッチパネルは指の滑りが悪い。窓の少ないバックヤードに籠《こも》る湿気のせいだ。

時刻は十八時前。またサウナ室に行く時間。滝くんはついさっき戻ってきたばかりだった。書類を挟んだクリアファイルを小脇に挟んでいた。

サウナマット換えに行くから、一緒に付いてきて。思ったより低く冷淡な言葉が口をついた。さっきまで課題をやっていたことに起因する少しの後ろめたさがそうさせたのだろうか。

「よろしくお願いします」そのハキハキとした言葉は野球部のそれだった。

大浴場に続く廊下を、作業着姿の男性数人が横に広がって歩く。その後ろにわたしと滝くんは続いた。赤土みたいな色のサウナマットが折り畳まれて入っている籠を滝くんが持ってくれている。わたしは今から回収するサウナマットを入れるための空の籠を持った。

青い暖簾と赤い暖簾の二手に廊下が分かれるところで、目の前を歩く作業着グループの横をすり抜けた。

失礼しますと声を掛けて、青い暖簾をくぐる。

「僕が行ってきますよ」滝くんは言った。目線の高さはわたしとさほど変わらない。空の右手を差し出して、籠を渡せとボディーランゲージでわたしに言うようだった。

「二人で行かないと仕事教えられないから」素っ気なく、わたしは言った。軽んじられたように思えたから意識的にそう言ったのだ。空の手は空のまま、空中に残され、わたしは浴室に向かった。


失礼します。わたしが言うと、滝くんも同じように失礼しますと言って二人浴室に入る。一歩目、風呂場のタイルに足裏が触れる瞬間はいつでも変わらず薄気味悪い。

サウナ室は浴室の奥まったところにある。洗い場と湯船の間にある通路は両側から水《みず》飛沫《しぶき》が飛ぶ。自分が心を許していない水気がこんなにも不快だとは、この仕事をするまで気づかなかった。足早に進むと危ないと分かっている。それでも無意識に歩調は速くなる。けれど今回は滝くんが横に居るから、ゆっくり歩いた。足の裏全体が床に触れ、離れるたび、糸を引いているイメージが頭に浮かぶ。滝くんは浴室全体を忙《せわ》しなく首を動かし見回していた。

サウナ室の扉を開いて、中に入る。

「失礼いたします。サウナマットの交換と清掃を行いますので、一度ご退室をお願いします」頭を下げて、一度サウナ室を出る。外に出てくるお客さん一人一人に会釈程度に頭を下げる。もちろん全員が裸だ。若い人が多い。若ければ若いほど、男風呂にいる女性の存在に戸惑い、下半身をタオルで隠す。

水風呂に浸《つ》からずにサウナ室の扉付近に皆立ち尽くして待っている。無言の圧力を感じながら、サウナ室に滝くんと入っていった。薄暗いサウナ室にはテレビが一台、動物園の展示のようにガラス張りの向こうに置いてあって、その前にはサウナストーブが配置されている。電気制御されたストーブの上に石が載せてあるもので、サウナ設備としては一般的だそうだ。それを囲むように一段一段が広く取られた階段のような腰掛が三段。そこに敷かれたサウナマットを回収し、新しいものを敷き直す。教えられないから、なんて滝くんには言ったものの、あえて教えるようなことは何一つない。二人で手分けして回収し、二人で敷き直す。指示を出した訳でもなく自然とそうなった。

ちょうど相撲中継が終わろうとする頃だった。サウナ室のテレビは夕方になると決まって相撲中継に変わる。さっき掃除に来た時は、ワイドショーだった。店長か社員の趣味なのかもしれない。

サウナマットは汗が染み込み、体感五倍くらい重くなっている。出来るだけ色の変わっていない四隅の一角を指の先端、爪のきわで摘《つま》んで籠に入れ、新しいものを敷く。暑さで人の汗が蒸発しているような気がして呼吸も浅く、速くなる。滝くんの作業は意外にも早く終わり、わたしの範囲まで手伝ってくれた。別にどこまでをどちらの担当と決めた訳ではないから、あくまでわたしの中でそう思っていただけだけれど、腰掛の右半分はわたしが受け持ちの予定だった。

滝くんは、肘《ひじ》から先の部分にサウナマットを掛けて腕に抱くようにして、一度に何枚も回収していた。わたしより断然早かった。仕事の早さより、汗の染みたサウナマットが皮膚に触れることを厭《いと》わない無神経さに感心する。

空だった籠は濡れたサウナマットで一杯になった。滝くんは籠を持ち上げる。しょっ、と吐息混じりの声が強張《こわば》った身体から漏れた。わたし一人の時より二人の方がずいぶん楽だった。当たり前のことだけれど、重くなった籠を持ち上げる滝くんを見て初めてそう思われた。

「うわ、かるーい」滝くんは言った。わたしに向けて言ったんじゃない、というふうに、虚空を見て汗のにじんだ真顔で言った。すぐにわたしと目があったから、きっとこの場が楽しくなると思って言ったのだと分かった。

「こっちの方が軽いよ」からっぽになった籠を持ち上げ、わたしが言うと、滝くんはヘラヘラと笑った。軽薄な感じはしなかった。子どものような無垢《むく》な顔だった。

「お待たせいたしました」サウナ室の外で待機していた男性客たちはわたしの言葉を聞くか聞かずかのタイミングでまたサウナに戻っていった。滝くんは客が一通り入り終わるまで頭を下げて待っているつもりのようだったから、かえろっかと声を掛けて浴室を出た。わたしだけ手足を洗い場で流し、滝くんはそのままだった。

脱衣所は手洗い場の鏡に映って奥まで見渡せるようになっている。積極的に見ようとしていなくても、ふとした折に無防備な男性客の姿は目に入る。異常がないか一応確認するようにと社員に教わっていた。

人というのは服を着ている時と着ていない時では別の生き物のようだ。どれだけ威厳のある人でも、たとえば大金持ちとか権力者とかだとしても、服を着ていなければ、その一切を持っていないように思われる。利用客として、女性の脱衣所にいる時にはそうは思わなかった。異性だから感じることなのだろうか。

バックヤードまで、滝くんと少し話をした。なんでスーパー銭湯でバイトしようと思ったの？　わたしが聞くと、時給良いし、夏休みは朝から晩まで入れるからここにしたと滝くんは明るく答えた。葛木さんはなんでなんですか。そう聞かれて、わたしもおんなじ感じと答えた。大学一年生の夏頃、当時サークルで仲の良かった同級生に誘われて一緒にバイトを始めた。けれどその後仲違《なかたが》いして、その子とは疎遠になってしまった。彼女はバイトを辞めてしまって、わたしだけが残ることになった。話すと長くなるし、そんなことを話す関係でもないと思って、言わなかっただけだ。

バックヤードに戻り、わたしも滝くんもやることがなくなった。わたしがお手洗いに行き戻ってくると、

「葛木さんと滝さんは上がって良いよ」そう樺沢さんが言ってくれた。性別関係なく樺沢さんは誰でもさん付けする。勤怠はシフト通り十九時上がりにしておいて良いからねと周りに他のバイトがいないのを確認し、小声で言った。滝くんは良いんですかとわたしと樺沢さんの顔を交互に見つめた。バックヤードを走り回るのではと思われるような喜びが伝わってきた。

小豆色の作務衣から、私服に着替える。黒いストライプの入った白いTシャツとジーンズ。一限の授業でダル着と男友達に揶揄《からか》われた。二限の授業を終えてバイトに入る予定だったから、服装なんてさほど気にしていなかった。

従業員用の裏口のところでスウェット姿の滝くんと一緒になって、駅まで十分ほどの

帰り道を二人で歩いた。滝くんは電車で一時間かかる東京の大学に実家から通っているとのことだった。駅の向こう側の住宅街に実家がある。経済学部の一年生。国際交流サークルに所属している。

「留学に行きたくて、お金貯めたくて」自らのことを話す滝くんは、けして流暢《りゅうちょう》な話し方ではなかった。むしろ下手な方だ。頭の中にいろんな情報が湧いて出て、一気に吐き出すような喋《しゃべ》り方。不思議と嫌な感じはしなかった。

「葛木さんの大学はこの辺りですか？」

「そう、二駅先の〇〇大学。情報理工学部」滝くんが学部を教えてくれたから等価交換の意識が働いて学部まで伝えた。

「ハッカーとかになるんですか？」おどけたことを滝くんは真顔で言う。汗が髪にまとまりを持たせている。

「ならないよ」面白いことはあまり言えないから、不機嫌な声のトーンにならないように努めて言った。滝くんは笑顔だったから、意図通りに伝わったようだ。

「サークルとか入ってます？」滝くんに聞かれわたしは、

「映画撮るサークルに居たけど、忙しくて行ってないかな。わたし大学院行くつもりだから、勉強の方が忙しくて」と答えた。

「映画好きなんですか」

「ううん、好きかなと思って入ってみたけど全然好きじゃなかった」

「僕も経済学部入ってみたけど、好きじゃなかったんで一緒です」

「専攻とサークルは全然一緒じゃないよ」

話題には困らなかった。なにかしらの当たり障りないことをずっと話していた。曲がり角のたびに滝くんはわたしの周りを忙しなく動いて、常に自らが車道側になるようにしていた。

駅に着く寸前、チェーンの居酒屋の入ったビルがたくさん立ち並ぶ通りを歩いている時、

「滝くんって高校の頃部活何やってた?」と聞くと滝くんは、

「ハンドボールです」と答えた。思わず笑ってしまった。笑った理由を説明しなかったから滝くんは少し不機嫌そうな顔をしたけれど、そんな態度も嫌に思わなかった。

「男サウナの清掃嫌じゃないんですか」滝くんはわたしに聞いた。滝くんが直訴したことをそこで思い出した。今日一日一緒に働いて、接しにくい子じゃないことは分かっていた。

「別に仕事だから、嫌じゃないよ」

わたしが言うと、滝くんは、そうなんですねとうなだれた。

「でも、ありがとね」わたしがそう付け加えると、嫌だったらいつでも言ってくださいと滝くんも言い足した。

滝くんに言ってどうするの？　そう思ったけれど、声にはせずに飲み込んだ。

「今日晩御飯何食べるんですか」駅構内のエスカレーターに乗っている時、二段下に立つ滝くんが聞いてきた。

「まだ分かんない。彼氏の家に行くから、何か作るかも」

わたしはこの後彼氏の家に行く予定だった。わたしは実家を出て一人暮らしだし、わたしの家に帰るより彼氏の家の方が大学に近いから、バイト終わりはよく彼氏の家に泊まる。何気なく答えたけれど、言わなければよかったと後悔が襲ってきた。手の届くはずのない内臓がむず痒《がゆ》い。今日、滝くんはわたしに対して常に、不器用ながらに優しく接していたのが思い出されたからだった。

「彼氏いるんですね、半同棲《どうせい》的なあれですか」滝くんは別段さきほどまでと変わった様子なく会話を続けてくる。

「愛の巣的な？」いっそう小さく見下ろせるようになった滝くんの真顔を見ると安心できた。けれどわたしの心の中には不安定な軸足のないモヤモヤも同時に存在しているようで、滝くんの真顔をじっと見つめていた。

「御飯食べてくるって母さんに言っちゃったんで、どっかで食べて帰ります」そう言って改札前でわたしを見送ってくれた。滝くんは改札に入って遠くなったわたしに会釈をして、見えなくなった。

ＬＩＮＥを開いて、一番上に固定された洸太《こうた》とのトーク画面に、「バイト終わった！　今から向かう〜」とだけ書いて送った。


バイト先から電車で二駅。わたしの通う大学の最寄駅で下りる。そこに洸太の家もある。大学から歩いて十分も掛からないところだった。陽の光を失ってすぐの街はまだ熱を持っている。夜空といっしょくたになった大小の雲がゆっくりと流れている。

学生が住むには少し高そうなオートロックのマンション。４０６。部屋番号を押して呼び出しを押すと自動ドアが開いた。部屋の合鍵《あいかぎ》は貰ってはいない。わたしの方が遅く部屋を出る時はポストに鍵を入れて出る。

ドアを引く。鍵は開けてくれていた。誰かと話しているのが聞こえる。玄関から見えるところ、廊下の先のワンルームの端に置かれたデスクに洸太は座っていた。オンライン会議中のようだ。パソコンに向かい身振り手振りを交え、一人で話している。フィックスが、アサインを、わたしには分からない言葉がいくつも聞こえた。

１Ｋの間取り。デスクの配置を考えると、わたしが部屋に入っていけばパソコンのインカメラに映ってしまう。廊下の途中にある脱衣所で部屋着に着替え、手を洗った。脱衣所を出たすぐ正面にはキッチンがある。冷蔵庫の中を見るとわたしが数日前に残していった食材がそのままになっていた。

二口コンロの一つでパスタを茹《ゆ》で、もう一つでバターを溶かしベーコンとほうれん草を炒《いた》める。部屋着のポケットに入れたスマートフォンが震えた。通知の欄には『洸太』と表示された。

「扉閉めて」

その一言だけが送られていた。廊下と部屋を仕切る引き戸を音を立てないようにゆっくり閉める。溶けたバターがフライパンで跳ねるのを静かにさせようと、ガスコンロのつまみを調整した。

クリームパスタがちょうど出来あがろうとする頃、引き戸が音を立てて開いた。

「おかえり」AirPods を耳に着けたままの洸太は言った。

「お仕事お疲れ」わたしも言葉を返す。洸太は大学の一年先輩だった。映画サークルで知り合い、付き合った。今年の冬で二年になる。映画サークルの新入生歓迎コンパで洸太はわたしの自己紹介を聞いて、エヴァの登場人物とニアピンだと言って話しかけてきた。エヴァは見たことがなかったから生返事をするだけだったけれど、それが話し始めたきっかけだった。

洸太は後ろからわたしの胴体に腕を回して、つむじの辺りに顎《あご》を乗せた。クリームパスタの甘く香ばしい台所にシトラスの香水がほんのり香る。

「料理中。危ないから」嫌ではないということが伝わってほしくて明るい声で言った。けれど洸太はわたしから離れ、冷蔵庫から新品の炭酸水を持って部屋に戻っていった。部屋の方に向けて、

「明日の予定は?」と投げかける。ぷしゅっと音が鳴った。洸太は明日はゼミ行ってから、オフィスに行くよと答えた。

洸太は大学四年生で、大手の映画制作会社に就職が決まっている。インターンシップ生として映像制作の会社で長いこと働いていて、生活リズムは大学生というよりは社会人に近かった。

二人分のパスタを盛り付け、部屋に運ぶ。

「ランチョン敷いて〜」自分でもだらしないと思うほど、大袈裟《おおげさ》に語尾を伸ばして洸太に言う。敷いてくれたランチョンマットの上に皿を置き、食器を取りに行く。フォーク二本とスプーン一本。わたしの分のコップも持って行った。

男子大学生の一人暮らしにしては広く清潔な部屋。色もモノトーンで統一されている。デスクの上に置いてあるMARVELヒーローのフィギュア数体が部屋の雰囲気に馴染《なじ》

まず浮いていた。

ソファーとローテーブルの間のスペースにわたしは腰を下ろし、洸太はソファーに座った。

洸太はテレビを点《つ》けると、どうでも良さそうなバラエティ番組を見始めた。一流のクリエイターは時流を読むことが肝要。テレビを見る理由を洸太はそう説明していた。

「美沙《みさ》はバイトだっけ」テレビに視線を固定したまま洸太が聞く。

「うん、今日も疲れた」短く答える。そこで会話は終わった。テレビ番組に何か興味深いものを見つけたようだった。

「新しいバイトの男の子が入ってきて、その子に仕事教えたりとか」洸太のテレビへの意識が途切れるのを狙って話し始める。

「そうなんだ。サウナ最近行けてないなぁ」洸太はつぶやいた。

三ヶ月前、わたしがサウナ室の清掃になったと洸太に伝えると、そうか、頑張ってとパソコンの画面から目を離すことなく言った。

その次の日。わたしが男性の先輩に連れられ、サウナマットの交換に向かうと、サウナ室に洸太が居たのだった。三段ある腰掛けの一番高い所で胡坐《あぐら》をかき、わたしを見て嬉《うれ》しそうに笑っていた。仕事中だし、先輩の手前、声をかけることも出来なかった。洸太はわたしのシフトが終わるまで休憩所でパソコンを開いて作業をしていた。

スーパー銭湯からの帰り道、わたしは洸太になんと言えば良いのか分からなかった。カフェでバイトをしてる彼女にするサプライズなのではと思ったけれど、洸太の満足そうな笑顔を見ると、まぁいいやと思えた。

食事が終わり、流し台に二人分の食器を下げる。洸太はベランダに出ていた。薄いレースのカーテンの向こうで小さく暖かそうな光が揺れた。洸太は食後はいつも煙草を吸いに外へ出る。

わたしもベランダに出て、

「一本くださいな」煙草を吸うということにまだ僅《わず》かに罪悪感が残っているから、いつもふざけた口調で言う。

「ん」咥《くわ》え煙草のまま、シャツの胸ポケットから柔らかな紙のパッケージに包まれた煙草を取り出し、差し出した。

わたしが咥えた煙草の先に、洸太はライターの火を重ねる。常に吸いたいと思うほどではないけれど、洸太が煙草を吸うのを見るとわたしも吸いたくなる。

くゆった煙草の煙が洸太のスマートフォンのバックライトに照らされ青くなったり、緑になったりと移り変わっていく。

「智絵里《ちえり》からこんなＬＩＮＥ来たわ」洸太はわたしにＬＩＮＥのトーク画面を見せてき

た。

「洸太先輩、就活のことで相談があるので会ってくれませんか⁉」

智絵里というのは、大学一年生の頃、わたしをスーパー銭湯のバイトに誘った同級生だった。背が低く、幼い顔をした可愛い子で、映画サークルに入ってすぐに仲良くなった。洸太先輩と付き合いたい。バイトの帰り道、そうわたしに打ち明けてくれた。けれどそのすぐ後にわたしは洸太に告白された。智絵里になんと言えば良いのか迷っている間に、彼女の耳に洸太の告白の話が届いたようで、そこから疎遠になってしまった。それもあってわたしは映画サークルに行かなくなった。

「そっか」わたしが返答に困って絞り出した言葉を聞いて、洸太はニヤニヤ笑った。部屋の明かりがレースのカーテンを通って、洸太の顔の右半分をアンバランスに照らす。煙草、吸わなければ良かった。吸わずに右手の指に挟んだ煙草はゆっくり灰に変わっていった。

それから部屋に戻ってからは会話もなく、二人ともパソコンを開き、ひとしきり作業が終わるまでお互いの顔すら見ることはなかった。

深夜一時を過ぎて、シャワーを浴びた。今日は大学の授業が三限からだから、早起きの必要もない。とはいえ期末試験も近いから、だらけている暇があるわけでもない。

化粧水や乳液、コンタクトの保存液からまつ毛美容液まで、必要なものは全て洸太の部屋に置いてある。お風呂上がり、寝る準備を整えている間、洸太もシャワーを浴びに行った。デスクに置きっぱなしにされた洸太のスマートフォンが震えた。

「洸太先輩、就活のことで相談があるので会ってくれませんか⁉」あのメッセージに洸太は返信したのだろうか。立ち上がってスマートフォンの通知を見に行こうかと思って、メガネをかけた。けれど立ちあがろうとしたところでやめておいた。その後もスマートフォンは数度震えた。ドライヤーで髪を乾かす間も、その振動音はたしかに聞こえた。

「そろそろ寝ようか」二時を過ぎた頃、洸太は欠伸《あくび》混じりに言った。先にベッドに横たわった洸太がリモコンで部屋の照明を暖色に変える。ダブルベッドのへりに腰掛けて、着圧ソックスを履くわたしの背中を撫《な》でたり脇腹を優しくつねったりを洸太は繰り返した。

「履かなくていいよ」洸太は優しい声で囁《ささや》く。ベッドの凹みで洸太が身体を起こしたのが分かった。うなじのあたりに洸太の唇が触れている。

「それはしたままで良い」メガネを外そうとするわたしに洸太は言う。うなじに触れた唇がかすかに動きくすぐったい。洸太はわたしをベッドに倒すようにして、キスをした。

柔らかな光で自然と目覚め、隣のスペースを手で優しく探る。洸太は居なかった。メガネをかけて枕元の目覚まし時計に焦点を合わす。朝九時半。デスクのあたりの壁にかけてあるホワイトボード。

「行ってきます　コータ」と書かれていた。上半身を起こす。服は着ていなかった。ベッドから立ち上がると、足の裏の柔らかいところをチクッと刺したみたいに小さく痛む。足を上げるとコンドームの個包装を踏みつけていた。

デスクには洸太が飲み残したコーヒーのマグカップが置き去りにされている。一人、大学に行く準備を整え、マグカップと昨日の晩の食器を洗い、部屋を出た。

土曜日の朝十時、わたしはスーパー銭湯のバイトに入った。前回入ったのは水曜日だったから、二日空いての出勤。土日はお客さんは多いけれど、入るバイトは少ない。土日のどちらかは必ず入ることにしていた。

わたしが作務衣に着替え、バックヤードの溜まりに行くと滝くんはもう来ていた。社員とバイト数人に交じって楽しそうに話していた。途中から来たから話の流れは分からないけれど、滝くんは濃紺の作務衣の裾《すそ》をまくってお腹を見せていた。筋肉質で余分のない感じが見て取れた。滝くんはわたしに気がつき会釈をした。会釈の方向に話していた全員が振り返り、幾つもの目線がわたしに向いた。視線を受けながら会話に交ざりに行くのがどことなく怖くなって、お手洗いに逃げた。戻ってくると一団は散って、椅子に座った滝くんの後ろ姿だけが残されていた。髪の毛の後ろのあたりが凹んでいて、ギリギリの時間に起きたのだろうなと想像出来た。

正午のサウナマットの交換まで、わたしも滝くんも暇だった。十時に業者が運んできた洗濯済みのタオル類を受け取ると教えられているけれど、わたしは今までその仕事を一度もしたことがない。どうやら社員の付き添いのもと、業者の方がバックヤードまで運んできてくれているようだ。バックヤードにはいつの間にか乾燥したタオルの山が出来ている。

「おはよう」少し後ろから声をかけるとサンドウィッチを食べている途中の滝くんが振り向く。咀嚼《そしゃく》の間、喋ることが出来ずに無言でわたしの目を見る。

「朝御飯?」わたしが間を埋めるように聞くと、滝くんは首を縦に振った。

「お疲れ様です」一呼吸置いて滝くんが挨拶《あいさつ》してくれた。

「バイト慣れた?」わたしが聞くと、滝くんは昨日と一昨日、わたしがバイトに入っていない間のことを話してくれた。二日ともシフトを入れていた滝くんは声優志望の河西《かさい》さんが役をもらったアニメが放送されることを教えてくれた。わたしの方が長くバイトに入っているのに、河西さんに関しては滝くんの方がずっと親しいようだ。わたしの知らないうちに、滝くんはこの職場にずいぶん馴染んだらしい。今日は夜のシフトの人たちが来る十七時まで二人で回す。

わたしは大学の課題をやることにした。十二時までやることもないし、滝くんと話し続けるのも鬱陶《うっとう》しく思われるのではと考えたからだった。iPadを置こうと、ウェットティッシュとペーパータオルで机を二度拭きしているわたしに、

「もしかして、葛木さん潔癖ですか?」滝くんが聞いてきた。

「潔癖、ではないと思うんだけど。なんか汚いような気がして」

「それが潔癖ですね」滝くんは笑って言った。

「そっか」わたしが言うと、アルコール消毒要ります? と気を回して持ってきてくれた。ちょっとした気遣いが心地よく、嫌味がない。課題に集中しだすと滝くんはわたしに一切構わず、いるのかいないのか分からないほど静かになった。一度滝くんが気になって振り向くと、手のひら大のノートに何か書いていた。

課題への集中がふと途切れ、時間を見ると十一時四十五分。新しいサウナマットと籠の準備をするのを忘れていたと思い、立ち上がる。滝くんがちょうどサウナマットの入った籠と空の籠を持ってくるところだった。わたしが居なかった間に他の誰かに教わっていたようだ。

「ごめん、忘れてた」感謝より先に謝罪が口に出た。言うと同時に可愛くないなと反省が込み上げる。滝くんはきっとこういう時には感謝から口にする人なのだろう。

「あぶねぇ、自分もさっき思い出しました」滝くんはそう言ってわざと苦しそうな顔を作って見せた。

「じゃあ、五分前に」と言って滝くんはどこかに行ってしまった。また何か仕事をしに行ったのかもしれない。

席に戻り、iPadに視線を戻すと洸太からLINEが来ていた。

「今日何時終わり？ 早めに終わりそうだから飯でも行かん？」焼肉の絵文字と寿司《すし》の絵文字が添えられた短いメッセージ。既読を付けないように通知から確認した。十七時にはバイトを上がる。今日も洸太の家に行こうと思っていたし、都合はよかった。けれど返信はしないまま、置きっぱなしにしておいた。さっきまでやっていた課題をクラウドに保存し、iPadを閉じ、ロッカーにしまった。


滝くんは言っていた通り、五分前に戻ってきた。十一時五十五分。わたしがサウナマットの入った重い方を持ち上げると、滝くんが、

「自分が」とだけ言って手を差し出す。

「大丈夫、わたしが持つから。滝くんは空の方持って」と言ったけれど、滝くんは譲ろうとしなかった。

「身体鈍ってるんで」とよく分からない理由でわたしを説得しようとする滝くんが長い

こと粘るから、結局重い方を渡すことになった。あと三分で十二時。二人急いでバックヤードを抜けて、男風呂に向かう。

滝くんの失礼しますという声が、この前よりも様になっていた。わたしと話していた時より声が少し低くなる。青い暖簾を潜《くぐ》って脱衣所に入っていった。土曜日だからか様々な年齢層のお客さんで賑《にぎ》わっている。子どものぐずる声が響いていた。わたしの前を滝くんが進んでいき、裸の男性客の間を割っていった。失礼します、通りますと低く声を張った。その後ろをわたしも付いていく。男性客の濡れた裸体が触れてしまいそうな距離。

浴室に入り、洗い場と湯船の間を通り、

「大丈夫ですか」滝くんが急に、前を向いたまま言った。

「何が?」急なことでびっくりしたわたしは、素っ気なく答える。すると滝くんが言った。

「全部です。全裸の男も。潔癖も」とだけ答えた。顔だけこちらに振り向いた滝くんの首のあたりは角張った筋が走っていて、苦しそうに見えた。けれどわたしに向かって優しくにこりと笑っている。

「大丈夫、かな。全部」小さく言い終わって、肺の中の空気を使い果たしたような感じがした。

「とりあえず」といってわたしの持っている籠を、バトンを受け取るように持っていった。失礼します。失礼しますとしきりに声を掛ける滝くんは、声でわたしたちの領域を主張している。わたしにはそう見えていた。


サウナ室の前に着いた滝くんは、わたしの到着を見届けてから、中に入っていった。サウナ室のドアはピッタリと閉まって、中の様子は分からない。すぐにサウナ室からは男性客が列になって出てきた。こんなにサウナ室に入れるものなのかと疑ってしまうほど、途切れることなく出てくる。人の流れが止むまでわたしは一人一人に会釈をしながら外で待った。いつも通り男性客はわたしを見て驚いている。一人の若い男性客がわたしの顔を見た。女性だと認識すると、胸の辺りから足先までに視線が下りていくのを感じた。今までも何度だって経験してきたけれど、気にしないようにし続けていた。初めてわたしに向けられた視線を意識した。濡れたタイルや、汗の染みたサウナマットとはまた異質の不快感だった。

人の列が途切れたかと思い、中に入ろうとしたけれどゆったりと歩く背の高い人影が出てくるのが見えて、さっと後ろに下がる。百九十センチ近くあろうかという海外のお客さんだった。その後ろには少し背の低い、それでも百八十センチほどの外国人が付いてくる。薄暗いサウナ室にいるから、あまり詳しくは分からないけれど、アメリカ人かイギリス人かと思われた。あまりジロジロ見るのも失礼だろうから、会釈の体勢のまま顔を下げ、通り過ぎるのを待った。

視線の先に、紅潮し茹であがったロブスターのような足が見える。今までわたしが見た足の中で一番大きい。その足がわたしの前でぴたりと止まる。長い棒かなにかだろうか、素早く空気を切る音が聞こえる。それと同時に何か温かいものが肩にピシャリと乗っかった。視界の外からの急な刺激にわたしは叫んでしまった。金切り声は浴室の空間に反響し、何重にもなって聞こえ、水の揺れる音だけが残された。

サウナ室から滝くんが飛び出してくる。勢いをつけて開けたドアがタイルの壁にぶつかり、物騒な音が鳴った。

わたしの肩に掛かっていたのは濡れたタオルだった。滝くんが取ってくれて初めて分かった。生き物のような生温かさが気色悪かったけれど、濡れたタオルと気がつくともっと深いところにある生理的な嫌悪が湧いた。

「ヘイ!」背の高い外国人に向かって、滝くんは吠《ほ》えるように叫んだ。周りにお客さんがいるのも気にせず、手にはサウナマットを持ったまま。

そのあと滝くんはゲットアウトとか、細切れの単語を並べ立てた。裸の男性客の衆人環視の中、激昂《げっこう》する滝くんを宥《なだ》める。もう一人の外国人は気まずそうな顔で、間に入っていた。滝くんは感情が収まるまで、英単語の羅列をやめなかった。わたしは英語が得意ではないけれど、おそらくFワードが交じっていた。外国人二人に伝わっているかどうかは定かではない。

お客さんが呼んでくれたのか、その場を収めに社員が何人もやってきて、わたしと滝くんは外に連れて行かれた。

青い暖簾を出たところで樺沢さんが待っていて、わたしの肩を抱いてくれた。滝くんは樺沢さんとわたしに、申し訳ありませんでしたと言って最敬礼をした。

バックヤードに連れられてわたしも滝くんも社員たちの優しい言葉で事情聴取を受け、今日はもう帰っても良いことになった。樺沢さんはわたしに何度も頭を下げ、滝くんは社員、バイトにかかわらず全員に頭を下げて回っていた。

社員用のシャワールームを貸してもらい、着替えを済ませた。裏口では滝くんが待ってくれていた。この前と同じスウェット姿で立っていた。

「葛木さん、すみません」滝くんはまた頭を下げる。ふわっと浮いた髪の毛が、すとんと落ちた。

「わたしは全然大丈夫。助けてくれてありがとう」明るい声で言ったけれど、顔を上げた滝くんは不安そうなままで、顔が中心にくしゃりと寄っているように見える。

二人並んで、日の高く照っている道を歩いて駅まで向かう。

「わたし、ずっと嫌だったかもしれない。男サウナ」笑い混じりに言ったけれど、それがむしろ滝くんの顔に悲しさを含ませて、自分のせいではないのに、すみませんと言って黙ってしまった。滝くんの影は萎《しぼ》んだみたいに小さくなっている。

「湿っぽいよ。明るい話して」と言ってみるけれど、滝くんは俯《うつむ》いている。聞こえているのかいないのか分からなかった。しばらく時間を置いた後に滝くんは、

「僕、もうちょい英語喋れるかと思ってました」と呟《つぶや》いた。

「全然喋れてなかったね」とわたしが笑うと、滝くんの影は潰されるようにさらに縮んだ。冗談で言ってみたけれど、本当に凹んでいるようだった。それでも曲がり角のたびに滝くんは車道側に移動する。

駅の改札近く、わたしを見送ってくれる滝くんに、

「好きな食べ物なに?」と聞くと、

「チキン南蛮ですけど」と不思議そうに答えてくれた。

「じゃあ今度バイト終わり時間一緒の時、食べに行こう。それか作ってあげる」とだけ言って、返答を待たずに改札を通った。滝くんが会釈をせずにこちらを見ているから手を振って別れた。LINE聞くの忘れたと思ったけれど、また会えるって分かっている

からどうでも良かった。

「話があるから、家で食べたい」洸太のＬＩＮＥにそう返信して、わたしは電車を待っている。ホームから駅の反対側が見渡せる。滝くんの家はどれなんだろう。ふと気になって、夏の日差しでキラキラ照り返る住宅街をしばらく眺めていた。

テトロドトキシン

マスクを着けるのが当たり前になって気づいたことがある。僕の口は臭い。肉の腐るような臭いがする。

山道の脇に小鹿が一匹横たわっている。長い舌をだらりと垂らして、四肢は歩いている途中時が止まったみたいに躍動感を保ったままだ。首元の辺りは小動物に齧《かじ》られたのか、錆《さ》びたような赤茶色が栗色で泥まみれの毛皮の裂け目に露出している。その裂け目に我先にと食い込み、肉を食い破ろうとする乳白色のカシューナッツのような蛆虫《うじむし》が蠢《うごめ》く。

そんな体験したことのないイメージが、マスクの中で吐いた息を鼻から吸ったとき、思い浮かんだ。

会社の喫煙ブースは煙草を吸った気にならない。ビルの狭い外階段の踊り場に赤い吸い殻を入れる缶が一つ置かれただけの簡素な喫煙所。同じ職場の顔見知りがわんさかやってきては煙を吐いているのか、溜息をついているのか、そんな姿を見ているだけで気が滅入《めい》る。小難しいビジネストークが否応なく耳に入ってきて心が休まらない。ニコチンが一切脳味噌《のうみそ》に沁《し》みない。

僕は近くにある公園の端っこ、その一角を区切って作られた喫煙所に行くのが好きだった。青い空の下、遊具で遊んでいる子どもを見ながら煙草を吸う。ちょうど五時になったようで、童謡が街全体に流れた。世界に僕一人だけが残されたような気持ちにさせられる。メンソールの強い、女の吸うような細い煙草が好きだ。頬をへこますようにして口腔に煙を溜《た》める。夏の湿った外気を煙と一緒に肺に下ろす。

その時、左の顎《あご》の辺りを瞬時に冷感が走った。大きな金属の塊に剝《む》き出しの神経がもたれかかったような、痛みと冷たさが同時にやってきた。煙を吐きながら、口を半開きのまま、異状のある箇所を探るように舌で撫《な》でる。一番奥にある歯の一つ手前、第二大《だい》臼歯《きゆうし》があるはずの空間。昼に食べたサンドウィッチに入っていたゆで卵の黄身が唾液《だえき》でヘドロのようになって窪《くぼ》みに詰まっていた。舌先を細く器用に使って搔《か》き出す。舌先は硬く鋭く尖《とが》った歯のエッジで細かい傷が付き痛む。口内にはすえた硫黄の臭いが広がって鼻に抜けていった。食べる時には全く気にならなかったのに、しばらく置いておいただけで不快になってしまっている。廃墟《はいきよ》と化した歯の残骸《ざんがい》の窪みの中で発酵が悪い方に進んでしまったのかもしれない。ベリーが人工的に香る煙を混ぜ合わせて打ち消す。吸わないで指に挟んでいた煙草は半分以上が燃えつきて、黒い革靴の甲の部分に細い灰のまとまりが乗っかっている。風とも呼べない空気の流れに左右に転がっていた。

オフィスに戻る道中は片時もスマートフォンから目を離さず、あらかじめプログラムされたように意識なく歩く。けれどスマートフォンで何を見ていたのか自分の席に着く頃には一切思い出すことが出来ないので、完全に死んだ時間になってしまっていた。無意味だなといつも思うけれど、席に着いて仕事をしている時間も、会議に出席している時間も、業務から解放された休日の時間であっても、意味のある生き生きとした瞬間が存在しているとは思えない。カフェで聞き流されるジャズのような生活が現在までも、そしてこれからも続いていく。何処《どこ》から聞き始めても、何処で聞き終わっても変わりない。ずっと流れていても快も不快もないのが僕の人生、二十七年のおおまかな総括だった。

オフィスの入口、二つあるうちの一つ、僕のデスクに近い方を入ってすぐのところでは、コピー機の調子が悪いらしく総務からきた女社員を中心に据えた人だかりがオフィスの外の廊下にはみ出すように出来ていた。

自分のデスクに座り、与えられた業務をノートパソコンに貼ってある付箋《ふせん》のメモを頼りに思い出す。さっき吸ったばかりの煙草がもう欲しくなっている。五時十五分。もう帰って良いはずの時間だけれど、就業規則の通りに会社を出たことなど一度もなかった。不文律にずるずると引きずられ、異を唱える者は誰もいなかった。

唯一、二つ下の後輩の女が物分かりの良い軍隊の足並みを乱すように喚《わめ》き立てたことがあった。二年ほど前のことだったように思う。いつも肩を出している、茶髪でチャラついた女で味方はいないようだった。しばらく飲み会で皆の酒の肴《さかな》にされていたが、二、三ヶ月で辞めていった。転職したのか。はたまた、社会に嫌気が差してドロップアウトしていったのか。僕は知らない。

会社から居なくなる数日前、一度だけ抱いた。近い部署にいたけれど、そのときまでずっと接点がなかった。孤立していて拠《よ》り所のない女だったから、わりかし簡単にいった。名前も覚えていない。一人で立ち寄った会社の近くのアイリッシュパブ。カウンターの一番端、最も蛍光灯の明かりに照らされていない席に座っているのを偶然見つけて声をかけた。バーカウンターに落とされた砂の一粒を探すような姿勢だった。

隣に座り声をかけて、相談に乗る体裁を取って不平不満が溢《あふ》れてくるのを待った。向こうの話が終わるたびに適当な相槌《あいづち》を打った。優しく敵意のない存在だと示すために、語尾は、の？　だとか、ね？　だとかに絞った。話した内容は何一つ覚えてはいない。けれど彼女の素肌の肩を抱いて入ったラブホテルの部屋番号の五〇三や、フロントの顔も見えない店員の声色は今でも容易に思い出せる。行為の最中の記憶は特段残っていない。

　土曜日の朝、全裸で目覚めると女はすでに起きていて昨日と同じ服をちゃんと着ていた。ベッドから見えるところにある洗面所の大きな鏡の前でメイクの途中だった。別に言葉は交わさなかった。女は自分の顔が整うと、乱れたベッドで何する訳でもなく寝そべる僕をおいて出て行った。その後すぐに彼女は離職した。

　六時四十五分を過ぎた頃。座っていた僕は肩や首の筋肉を伸ばすフリをして周りを見渡す。ずいぶん人がまばらになっていた。全員が仕事をしているというよりはただそこに居て時間を潰《つぶ》しているというような雰囲気だった。僕がそうだったから、無用な罪悪感を生まないように、そう感じるよう無意識に仕向けたのかもしれない。この一時間半、今週使う提案資料をただ眺めたり、ネットニュースを見たりしていただけだった。七時から会社の近くで予定があった。同じ部署の上司や同僚との宴会や、会食がある日も多い。そういった避けられない予定が入る以外、ほぼ毎日私用を入れる。真っ直ぐ家に帰ったことはほとんどない。早く帰宅したってやるべきことも、やりたいこともない。睡眠時間が多少増えたところで、疲れや気怠《けだる》さを翌日に持ち込まずにおける訳ではない。

　六時五十分。ノートパソコンをリュックに詰めて、廊下に出る。オフィス用のリュックで大小たくさんのポケットが付いているけれど、有効に使えたためしがない。エレベーターに乗る前にトイレに寄って髪をワックスで整え、フェイスシートで顔を拭《ふ》く。今の長さの髪がちょうど一番セットしづらい。前に美容室に行ったのは二ヶ月ほど前、梅雨に入るか入らないかの、マンションの自室前の廊下にビニール傘がやたらと増えていく頃だった。粘膜に近い目の周りがじんわりと熱くなっていき、拭《ぬぐ》うほどでもない涙で視界は滲《にじ》んだ。

エレベーターに乗りスマートフォンを取り出す。マッチングアプリを開いて今から会う予定の女とのチャットを探す。見つけて開くと待ち合わせの店の位置情報が貼ってあった。僕が予約を取った。大通りに面したテラス席があり、入口は店の横幅と同じだけ、広く取られている。これ見よがしの生ハムの原木が少し不衛生そうなイタリアンバールだ。社会人として女を連れていくのに恥ずかしくない値段で、味も酒の種類もそこそこだった。ラブホテルや風俗店が密集する一角に近い通りにある。駅からも程近い距離で都合が良い。女との約束があるときに良く使う店の一つだった。

エレベーターを降りて、ビルの一階にあるコンビニに寄る。レジの並びの正面にある陳列棚からのど飴《あめ》を買った。ポケットに入れやすいスティック状のものを選んだ。レジが混みあっていたけれど、もう急いで行っても間に合わないだろうから外国人の店員のノロマな対応も気にならなかった。

店に着き、自分の名前を伝える。毎回違う女と待ち合わせている僕のことを、いつもいるこの女店員はどう思っているのだろうか。

席に案内される。黒髪の毛先がふんわりと首に集まるように巻いた女が座っていた。力まかせに引っ張れば足下まで落ちていきそうな水色の洋服が鎖骨の下あたりで留まっている。肩の辺り一帯が露出しているけれど何か重要そうな紐《ひも》の類は一つもなかった。名前も構造もいまいち分からない服だった。

「すみません、お待たせしました」

「あぁ、全然大丈夫です。はじめまして」

会話の流れが途切れることのないように、静かに椅子をひき座った。

「仕事が片付かなくて、急いで終わらせてきました。なんてお呼びしたら良いでしょう」

マッチングアプリで知り合ったので互いに本名かどうかも分からない。会ってからいちいち自己紹介から始めなければならないのが毎回面倒だ。

「ゆいです、はじめまして。篠田《しのだ》さん、で合ってますよね」

「はい、篠田と申します。二十七歳で社会人六年目、近くにある○○という会社で働いてます」

一つ一つのラリーが煩《わずら》わしいので、自分のターン一回で全て自己紹介を終えた。これで向こうも一息に自己紹介がしやすくなる。

「よろしくお願いします。あたしは〇〇大学二年で、心理学を勉強してます」

「おいくつなんでしたっけ？」

「二十一ですー、あたし一浪して大学入ったんで」

「そうなんですね、この前は授業でした？　バイト？」

「授業終わって、時間あったんでレポート書いたりしてたんで大丈夫ですよー」

「もう夏休みなのに、レポート⁉　偉いんだね」

「心理学部ってレポート多いんですー、文系で大学入ったのに、統計とか数学ばっかりなんですよ、だから偉いとかじゃないです。将来カウンセラーとかになるって考えたら院行かなきゃいけないし、それにフィールドワークとかもあって。来年からはゼミとかもあるし。バイトもしてるんですけど、最近あんまり入れてなくて、めちゃ金欠ですー」

「へぇー、そうなんだ。すっごい大変そう。そんなに忙しいのに今日来てくれてありがとね。すみません。ハイボールを一つお願いします」

女は先に何か酒を頼んでいたから、自分の分だけを注文した。

「お酒、何頼んだの？」

「梅酒ソーダですー、すみません、お先にいただいてました」

「全然大丈夫よ、お酒はよく飲むの？」

「飲み会の時くらいしか飲まないんです。多分そんなに強くなくて、いっぱいは飲めないんですけど」

「いいよ。自分のペースで飲みなね」

その後は女のバイトの話、サークルの話、高校生活の話。与えられた面白みのない課題図書を読まされている気分だった。けれど僕は自分自身のことを話させられるのが苦手だから、どんなにくだらない話でも聞き役になるのは楽だった。

大学生活はどんな感じだったんですかと聞かれたからそれだけは答えた。それなりに良い私立大学に行っていたこと。イベント運営をするインカレサークルとボランティアサークルに参加していたこと。彼女が何度か出来たこと。卒論が大変だったこと。所々に嘘を交えて話した。

バーニャカウダやピザ、岩塩で味付けされたステーキなどを食べた。女のグラスもよく空いた。自分の大学時代の恋愛の話を聞かれたから、女側の恋愛事情について掘り下げるチャンスだと思ってタイミングを窺《うかが》っていた。会ってから一時間ほど経って僕が四杯目のお酒を注文した後、会話に間ができた。

「ゆいちゃんはさ、恋愛の方どうなの？」

「何にもないですー、彼氏いなくて」

「マッチングアプリやってるし、そうだよね。まぁ僕も人のこと言えないけどね。大学入って彼氏出来なかったの？」

「うーん、そうですねぇ、彼氏、彼氏かぁ。彼氏というか……」

「なになに？　なんかあったの？　聞かせてよ」

「いやぁ、彼氏っていうか。一年生のとき告白されて付き合ったんですけど。なんか合わなくてすぐ別れちゃったんです。ほら、あたし田舎の女子校育ちだったから……よくわかんなくなっちゃって……」

「同級生？」

「サークルの三年生の先輩でしたー、でもなんか違ったって言うか。カッコよかったんですけど、一ヶ月も付き合ってないです」

「そりゃ告白されるよね、だって可愛いし、話してて楽しいし」

「そんなことないですよ、学生証のあたし、めっちゃブスですよ」

「絶対そんなことないよ、それなら学生証の写真見て判断するわ」

「ぜったいダメ！　マジで、人に見せられるような顔じゃないんで。受験終わってすぐのときに撮ったやつで。化粧もめちゃ下手だし。なんなら髪型も変なんで。ムリです。絶対ムリ」

「絶対可愛いから、大丈夫。素材が良いんだもん。本当に。大丈夫、お兄さんに一回見せてみな」

七面倒くさいやり取りが何度かあったあと、じゃあちょっとだけですよ、と言ってスマートフォンのケースに入っていた学生証を取り出し、僕の前に置いた。

「ほら、全然可愛いじゃん」そう口にしたけれど、写真にさほど興味はなかった。生年月日を確認して返した。返す直前にもう一度証明写真を見た。たしかにあんまり可愛くなかった。これが今日来ていたらハズレを引いたと思ってしまっただろう。

「なんだよ、あんなにブスって言っといて。嫌味に聞こえるからあんまり言わない方が良いよ」

写真より幾分かマシな顔を酒で赤く染めて、女はヘラヘラ笑っていた。


店は混んでいて、新しく客が来るたび店員は通りまで出ていって頭を下げて謝った。店も混んでるし長居するのもあれだから、と女に伝えて出ることにした。

出る前に僕はトイレに行き洗面所で口をゆすいだ。吐き出した水にはこの二時間の退屈の残骸のような野菜やピザ生地のカスが交ざっていた。両の奥歯にずっとあった異物感が消え去る。鏡を見ると左右の顎がラインに沿って少し腫《は》れているような気がした。酒を飲んで血流が良くなると、ままあることだった。今日は一段と熱を持っている感じがして、しばらく冷水を口に含んだあと、ポケットののど飴を舐《な》めてトイレを出た。戻ると女はお冷のグラスを頬に当てていた。僕が戻ると彼女は笑顔になって、二人店を出た。女はだいぶ酔っていて陽気で声が大きくなっている。もう一軒行こうかと形式上の質問をした。駅とは反対方向に僕が先導して歩いていく。女は自分の話に自分で笑いながらふらふらと歩き、肩が僕のスーツの腕の辺りに何度もぶつかる。ぶつかるうちにぴったりと密着し、黙りこくって歩くようになった。腕にしなだれかかって何も言わなくなった女は路上からムードを作り込んでいるようで、だらしない女だと思った。篠田さんという声は僕を指す言葉ではなく、卑猥《ひわい》な単語を口にしているように聞こえた。自然と僕の歩くスピードは速まっていった。

ホテルが建ち並ぶ通りに着くと、酔い潰れた女を担ぐように連れた男や、身体を弄り合いながら歩くカップルが現れて、僕と女もその雰囲気に溶け込み始めた。

ラブホテルの前に着く。会社終わりで飲んだ後にはいつも使うラブホテルだった。入口の道に面したところにはかつて噴水として機能していたであろう、夜の海の色をしたタイル張りの窪みがあった。中の四隅には煙草のフィルムやレシート、枯れ葉が積もっていた。

自動ドアを抜けると、夜なのにもかかわらず白色の街灯や、けばけばしい看板のカラフルなネオンから一転して落ち着いた暖色に変わった。部屋を選ぶパネルの前には先客の男女がいた。

ラブホテルで他のカップルと鉢合わせた時はいつも、変な緊張感がある。前のカップルが部屋を選ぶ間、チープなシャンデリアが埋め込み式のクーラーの風に揺れるのを見ていた。長いことここでは煙草が吸えたのだろう。天井は黄ばみを通り越して雨が降る前の空のような色になっていた。

女は常に僕の横にぴったりと生温かく湿っぽい。僕は店を出てからここまで女に特に何も話しかけなかった。あとはセックスするだけだし、ここまで特に文句もなく楽しそうに付いてきたから、特に話さなければいけないということもない。

前のカップルがフロントに向かったので、僕もパネルの前に歩いていき、女も引きずられるようについてくる。壁に掛けられた部屋の一覧のパネルはまるで監視カメラでこのホテルの全室を見張っているようだ。どの部屋が良いかと一応女に尋ねたけれど、どこでも良いよと返ってきたので中くらいの値段の部屋を選んだ。本心は一番安い部屋が良いのだけれど、女の手前いつも見栄の値段を割り増ししてしまう。四、五千円程度の差だが、その数千円の虚栄が積み重なって、果たして幾らになるのだろう。無駄な出費だと分かっているのに、その金を無駄だと言い切ってしまえば、セックスに費やしてきた労力や時間も無駄と断ずることになるような気がした。仕事にも趣味にも打ち込まない僕の暮らしの中で、唯一主体的に取り組めているのはセックスくらいだった。他の何にも興味は無い。

取った部屋は五階だった。エレベーターに乗り部屋に入る。部屋に入ってすぐ女を後ろから抱き寄せた。脇腹から手を入れ胸の下あたりで両手を結んだ。女はくすぐったそうに身を捩っていた。少ししゃがむようにして唇で耳の辺りをなぞるように弄んだ。女は僕の腕の中で身体を捻り、僕と対面するように回転した。キスがしたいんだろうなと思った。腕を解き、両肩に手を置きぐっと押すようにして距離を取る。シャワーを浴びてからにしようか、そう言って女をシャワールームに誘導した。高いところから水の塊が落ちる音を聞きながら、僕は歯を磨いていた。

彼女が居たのは二十一歳の頃だから、もう六年も前だった。就活の時期に振られた。同い年の女だった。大学三年生の女は就活を通して価値観が変化する過渡期にあって、良い会社に内定を持っているとか、将来的にいくら稼ぐとか、俗っぽい指標が導入される。大学生の僕は顔が良く、セックスが上手《うま》いというだけだった。就活に対する意欲も無くなぁなぁに過ごしていた僕に女は見切りを付けて、総合商社に内定を持っている都内の有名大学の男になびいていった。就活イベントで知り合ったらしかった。

女と別れてすぐのことだった。大学三年生の後期になっても授業数が多かった僕はリクルートスーツで大学構内にいることが多かった。授業が終わり大学主催の就活セミナーに参加したものの、座っているのも気怠く、皆私服だったのに僕一人だけリクルートスーツなのがいかにもやる気のある学生という感じがしていたたまれなかった。途中で席を立つことにした。リクルートスーツが一人立ち上がるのは甚だ目立った。

構内のコンビニに寄ってチョコレートバーを買い、食べながら歩いた。二口目を齧ったとき、左の上の奥歯が頼りなく崩れた。細かい歯の破片やチョコレートバーのナッツが歯茎に突き刺さる鋭い痛みと、歯の折れた鈍痛が同時に襲う。その種類の違う痛みから、何かまずいことになったと瞬時に理解した。口に含んだチョコレートバーをそれ以上噛《か》むこともできずに、口の中に広く空間を作り、大学構内のトイレを探した。近くにある生物系の研究室が入っている二号館の一階トイレ。一度もここに用事がなかったので入るのは初めてだった。トイレにたどり着く途中にチョコレートはどんどん水気を帯び、甘みに塩味が混ざっていく。ふと遠くの国で黒人の幼い男の子がカカオを収穫する映像が頭に浮かんだ。

トイレの洗面台の前に立って両手で器を作り、口に溜めていたものをその中に吐き出す。光の角度によって鈍い赤にも甘ったるい茶色にも見える粘度のある液体。チョコレートバーに入っていたナッツの類がたくさん交じっている。センサー式の蛇口の下に両手をかざし、血液混じりの咀嚼《そしやく》物を水にさらす。血液、チョコレートの順番で水に流されて行き、大小不揃いのナッツとは異なる固形物がいくつか現れた。折れた歯のはしくれだ。中でも大きな物は縄文時代の遺跡から発掘された矢じりみたいに鋭利だった。白いエナメル質は部分的に黒く変色し、長い時間を土中で過ごしたというような説得力があり、まさに縄文時代の矢じりだった。そのほか細かな破片は確認できるだけで四つあり、一番小さいのは米粒程のものだ。清掃職員の努力が一目で分かる、清潔が保たれた白いシンクに歯の残骸を置いて、口に水を含む。熱を持った左上の奥の歯茎は小さな心臓みたいに脈打っている。口をゆすぎ吐き出した水は、吐く位置が高すぎたのかシンクに跳ね返ってあたりを赤く点々と汚した。

洗面台の並ぶ壁面に張られた大きな鏡の前で阿呆《あほう》のように大口を開け、自分の口内が現状どうなってしまっているのか確認しようとしたけれど光源が乏しく良く見えない。上顎の奥というのは人体の構造上この上なく目視しづらい。スマートフォンを手帳型のケースから外して、下唇のあたりに沿わせるように宛てがい、上歯茎の奥の方を照らす。鼻の穴が見えるほど顔を傾ける。人が一番醜く見える角度だ。そのままスマートフォンから放たれる光の角度を微調整するが、血が滴り落ちるのをかろうじて確認できるだけだった。口の中の普段舌が収まる窪みには血溜まりができ、舌がちゃぷちゃぷと浸《つ》かった。吐き出すと排水口の鏡面になった円い金属部分をどろりと赤く血染めにした。水で血を流し、近くに置いていた矢じりの歯だけをつまみ、保存場所がなかったから仕方なく財布の小銭入れに突っ込んだ。他の小さな破片はシンクに払い落として流してしまった。

大学の構内を足早に出て近くの歯医者に向かった。僕の通う大学は都心から一時間ほどの距離にあったけれど、駅前は雑居ビルが建ち並び、田舎の学生街というふうに程よく栄えている。歯医者の数はコンビニよりも多いというトリビア通り、駅付近には思い出せるだけでも三軒の歯科医院があった。そのうちの一つ、大学から一番近いところに駆け込んだ。

平日の夕方だったからか、僕が血塗《ちまみ》れのティッシュで口を拭いながら看護師と話したからか、すぐに案内してくれた。古いけれど清潔で色味のない治療室に呼ばれ、よだれかけを着けられた。このときには口内の血が胃に落ちて吐き気を感じつつあった。中年の男性医師に口内を診てもらう。ゴムの薄皮に包まれた指の苦みと香りで安心感が増す。小さな鏡のついた棒が口内に滑り込んでくる。どこに触れた訳でもないのに口内に冷気が満ちた。青いマスクをした中年男性の顔と灰色の天井とを、反射した光が僕の機嫌を伺うように行ったり来たりを繰り返していた。専門用語ばかりで看護師とコミュニケーションを取るのでさっぱり状況は分からない。そのあと小さな電話ボックスほどのスペースに入れられてレントゲンを撮影した。

しばらくして現像された写真を見せられ説明を受けた。折れた左上の奥歯は七割くらいが欠けてしまっていた。根っこはまだ歯茎に刺さり固定されている状態だった。応急処置として痛みをなくすために神経を取り除いて、後日残った歯を土台に被《かぶ》せ物をすることになった。また一見健康そうな歯も五、六箇所ほど虫歯が進行していて、いつ今回のような大出血になるか分からないらしかった。この中年歯医者とは長い付き合いになることとなった。

今日はひとまず麻酔を打って神経を取る。細い針金やドリルを使い、四十分ほどで処置は終了した。最後に次回の予約をして、近くの薬局で痛み止めと化膿《かのう》止めの錠剤を貰《もら》ってその日は帰った。四日後にはまたその歯医者に行くことになっていた。

けれど再びその歯医者に僕が行くことはなかった。別に忙しかった訳でもなく、ただなんとなく忘れていただけだ。知らない番号からの不在着信を見て、その番号を検索するとこの前の歯医者のものだった。それで忘れていたことに気がついた。なんとなく気まずく、予約を反故《ほご》にしたことを謝るのも面倒だし、二十歳を過ぎて大人に怒られるかもしれないと思うと行くのが億劫《おっくう》になった。

そこから六年間で、僕は歯を四本無くした。どれも歯の根っこを残して、咀嚼を担う部分だけが欠けて無くなっている。だから正確には歯を失った訳ではない。毎回歯が欠けるたびに激痛と出血を伴い、新しい歯医者に初診で行っては神経を取ってもらい、痛みが無くなると通院しなくなるというのを繰り返した。四本の歯は根っこだけの切り株のようになった。歯の根っこの部分にももちろん虫歯は進行しているようで、その切り株は真っ黒になってしまっている。またそこには食べカスが詰まるが、ブラシが届きにくい。そこに雑菌が湧いて口臭の原因となっている。

けれど僕はただ怠惰ゆえに歯医者に行かなかった訳ではない。

中学生くらいのころ聞いたことがあった。近現代において人間の平均寿命が飛躍的に延びたのは歯の治療技術の発達のおかげなのだと。虫歯は一時的な痛みを引き起こすだけでなく、そこに繁殖した細菌が脳や臓器を冒す。人間の長生きは口腔環境の改善によるものなのだと。虫歯の怖さを周知する逸話として誰かから聞いた。テレビの健康番組で言っていたのかもしれないし、酔っ払った親戚《しんせき》のおじさんが言っていたのかもしれない。情報源は定かではないけれど、この話がずっと胸に引っかかっていた。

虫歯で歯が欠け、無くなって行くたびに僕はこう考えるようになった。喜怒哀楽や感受性に乏しく、生きる意義も目的もない僕にとってこれは消極的な自死なのだと。二十七歳になっても、経験人数を増やすことにしかのめり込むことの出来ない人間は惨めだ。けれど自殺を選ぶことは悪だと分かっているし、死ぬ勇気も持ち合わせてはいない。だから、僕は自家製の毒を溜め込み、少しずつ摂取してじわじわと身体が蝕《むしば》まれるのを、意味のない生活の中でひたすら耐え忍び、死を待っているのだ。今この瞬間も他人より速い速度で砂時計が落ち続けているという感覚だけが僕の生産性のない生き方を支えてくれている。

延長料金を払い、ラブホテルを今日も一人きりで出る。朝起きるとやたらくっ付いてくるのがうざったかったから、この後急な仕事が入ったから会社に戻らなければならないと嘘をついて、女は先に帰らせた。

土曜日の昼前、街全体に金曜日の余韻が残って、空っぽなのに大勢の人が先程までそこにいたという気配だけがあった。動いているのはゴミ袋にたかるカラスやネズミくらいだ。僕が側を歩くと、カラスは電柱の上に飛び上がり、ネズミは建物の陰に姿を隠し、一人になる。

駅前の牛丼屋に寄った。作業着が一人と騒がしい大学生が二人。生活リズムによって朝飯にも昼飯にもなり得る時間帯。牛丼を頼み、やることもなくただ待っている。無意識に頬杖《ほおづえ》をつくと、右手には昨晩の女の移り香がまだ残っていた。お冷の胴の短いグラスの周りに付いた大小の水滴を落とすようにして中指と薬指を濡《ぬ》らし、紙ナプキンで拭った。

食事中に食物に意識を向ける時間はほとんど無い。スマートフォンを見る。仕事用のチャットアプリを開き、職場に異常がないことを確認すると、Twitterやニュースアプリを眺めた。やたらＬＩＮＥの通知のポップアップがチラチラと視界の端で動くから開いてみると、高校の同級生のグループに未読が二十二件溜まっていた。見ると、三十人弱のＬＩＮＥグループで何人かが会話していた。

僕が属していた三年二組に居たのは三十三人だったはずだが、ＬＩＮＥグループには二十八人しか居ない。残りの五人が誰なのか考えている間にも会話は進んでいるようで、画面の下にどんどんと文字の塊が増えていった。五人のうち一人は当時からクラスで浮いていた高木《たかぎ》だということだけは思い出せた。

盆休みで地元に帰ってきている人も多いだろうから、明日高校の近くに集まり宴会をしようという誘いだった。世間では盆休みであるというのがまず新鮮だった。僕は地元に残ったまま建設会社に就職した。高校から大学、就職と海から近いこの街から出なかった。ちゃんと休みは取れているけれど、盆休みが休みだったことは五年間で一度もなかった。友人も別段おらず、休みであることを理解していなかったのだ。

明日は日曜日で休みだし、行けないこともない。けれど二十七歳は同年代の格差が可視化されだす時期だ。僕が誇れるのは三桁《けた》を軽く超す経験人数くらいだ。けれど経験人数というのはこの歳になると、自慢としての効力を失いつつある。一人の人を一生愛するとか、守るべき家族がいるとか、変わらぬ愛を誓うことの重要性が増すのが二十七歳だ。

日曜の夜はどうせ抱ける女のアポも取れない。気が向けば行く。気が向かなければ行かない。そうしてなんの決断もせずに決断したような心持ちになって僕はスマートフォンをカウンターに伏せて置いた。牛丼に付いてきた味噌汁を飲む。また口内に毒を取り込む。口に入ったものは全て欠けた歯の根っこの空洞の中で毒に変質する。さっきの女の愛液も毒になっていくのだろうか。そう考えながら、また無意識にスマートフォンを手に取る。そしてマッチングアプリを開いて、夜に会えそうな女がいないか探した。

日曜日の夕方、僕は電車に乗っていた。普段は乗らない方面、一人暮らしの家から会社とは反対方向に向かう路線だ。予備校生らしき男が目の前に座っている。英単語帳のページに指を挟んで持ってはいるけれど、集中力を失ったのかスマートフォンを操作している。

僕の母校は海沿いにある、比較的偏差値の高い公立高校だった。県内であればそこそこ自慢できるようなところで、僕自身、高校時代勉強は嫌いではなかった。大学生になって自由を持て余し勉強をしなくなるまで、要領の良い僕はそこそこ成績が良かった。努力の対価として、人よりも多くの学力を得ることが出来た。校内の定期テストの順位は常に上位二十パーセントに入っていた。理系選択で茶髪に染めて成績上位に居たのは僕だけだ。

結局予備校生らしき男は、僕の見ている前で英単語帳を開くことはなかった。彼の方が先に目的地に着いたようで、スマートフォンに吸い取られていた意識を取り戻し、急に立ち上がり急いで降りていった。座席の近くの床に赤いシートが一枚取り残されていた。

駅に降りると湿度の高い空気に海水が混ざり込んでいる。十分ほど歩いたところにある居酒屋に六時に集合ということになっていた。通学路の途中にあるアットホームな居酒屋だ。駅のホームの時計は五時五十五分を指していた。ワイシャツとスラックス以外の服を着るのは久しぶりで、いつもより風が皮膚に多く当たって頼りない感じがした。チノパンに薄手のシャツを羽織った、恥ずかしくないであろう恰好《かっこう》。急いで行って汗をかくのも煩わしいので、遅れる覚悟を決めて駅の中にあるコンビニで煙草を二箱買い足した。

懐かしい通学路を歩いて向かう。駅前の広場は当時と構造が少し違っていた。昔個人経営の居酒屋があったところはステーキチェーンに入れ替わっている。車止めのポールは重苦しい金属製のものから、蛍光オレンジのプラスチックに替わっていた。ぼーっと歩いているとよくぶつかり股間を打ったのを思い出した。新しいポールを手で触りぐにゃりと曲げながら歩く。かつての記憶で十分かかると思っていたけれど、ものの五、六分で店に到着した。今は流行《はや》っていないであろう太い眉《まゆ》をしたグラビアアイドルがジョッキを持っている褪《あ》せたポスターがガラス扉の内側に貼ってある。今はそこそこ有名な女優になっているから本人は貼ってほしくないのだろうなと思うと笑える。そのポスターの隙間から中を覗《のぞ》くと、見知った顔で奥の座敷は賑《にぎ》わっていた。店内に入ると全員がこちらを見て、はじめましてという感じで声を掛けてきた。はじめましてというよりは、全員が高校生ではなく、社会人として話しかけてきたという方が正確かもしれない。

遅れてきた僕を合わせて十一人。男子七人、女子四人。この唐突に催された同窓会の発起人である裕也《ゆうや》は高校生の頃までは仲良くしていた。大学に入ってからもそれまでほどではないにしろ親交があって、夏休みには免許取りたての僕の運転でドライブに行ったりもした。疎遠になったのはちょうど僕の就活の時期で、僕は裕也を誘わなくなった。大学院の進学が決まった裕也からの誘いも断るようになった。六年ぶりの再会。裕也は大学院を出てシステムエンジニアになった。あとは全員卒業式以来だった。成人式に行かなかったから、おそらく僕だけが長いこと会っていない。男のメンツは顔を見れば誰だか分かるけれど、女に関しては全員おんなじような髪色と顔をしていて誰が誰だか分からない。脚の短い長机を二つ組み合わせた一辺、七、八人収まりそうなあたりの一番端に座る。既に酒の注文は済ませたようだった。メニューはちょうど机の境目のところにあって、誰も渡してくれないからどこにだって置いてありそうなハイボールを頼んだ。

「〇〇高校、七十四期生の絆《きずな》に乾杯」

「絆って言えるほど集まってないだろ、バカ」二次会から遅れて合流したのかと思わされる。皆それくらいテンションが高い。明確に僕だけ取り残されていた。乾杯の時、ジョッキが机の中心に集まりぶつかる瞬間、皆無意識に嫌味なくジョッキを周りより下げていた。僕のジョッキが誰より高い位置にあった。裕也は十一人が同じ話題で盛り上がるようにと左右に首を振って声を出し、会話の中心を担っていた。

「村《むら》センも声掛けたけど、ダメだった。出張で九州だってさ」村センは高校三年間僕たちの担任だった人だ。卒業当時二十七歳。今の僕と同い年だ。今の僕が、高校生の頃の僕の前に立ち、授業をしているのを頭の中に思い描いた。理工学部を出たから化学か物理あたりだろう。人前に立って偉そうにしている自分を想像すると笑けてくる。高校を卒業してから九年、秘めていた可能性を全て潰した結果、経験人数だけが取り柄の無気力会社員がただひとつ残されたルートだった。

「皆社会人どうよ、流石に慣れた？」裕也ではない、僕から一番離れたところに座る直《なお》樹《き》が言った。直樹は文化祭や体育祭を取り仕切って、どの集合写真でも人だかりの中心に寝そべっているようなやつだ。

「ってか今皆何してるんだっけ？」女の一人が言う。端から一人ずつ順番に自らの職業を発表していく流れになった。

「俺は海賊王かな」直樹は一人目から道化役を買って出た。

「まだ少年漫画読んでるのかよ」僕は遠くから声を張って言った。

「じゃあ直樹の船のクルーにしてよ。僕、医者なら出来るから」男の一人、啓《けい》太《た》があくまでジョークを上乗せしたという形でもとの流れに引き戻す。えー、何科？　と周りが聞くと「消化器内科」と答えた。船医って外科医じゃね と直樹が突っ込んだ。また一人一人と職業を発表していく。システムエンジニア、企業コンサルタント、ブライダルプランナー、ラジオディレクター。聞く気にはならなかったけれど、長いカタカナの名前だけぼんやりと頭に残った。自分の番が最後に回ってきた。「お前は何やってるんだっけ?」と尋ねられ、建設会社のマネジメントかな、と答えた。小さな嘘を吐いた。本当は営業職だった。マネジメントに関してはずっと希望していたけれど、新入社員は全員営業に配属され、そこから四年間働いてマネジメントの部署には僕の同期の女と一年後輩の男が配属された。昨年度の人事異動で決まった。へぇー。周りの数人がそう言ったあと、発表会は終了して次の話題に移っていった。立ち上がり、煙草を吸いに外に出た。薄いビニールの包装を外そうにも、取っ掛かりがなくて上手く開けられないから無性にイライラした。

男子は全員ゴツいメタリックの腕時計を着けていた。皆それについて何も言わない。挙動のたびにチャッチャカ鳴る音で気がついた。僕は時計に興味もないからG-SHOCKを着けてきた。ラブホテルの廊下で他のカップルとすれ違うあの時と同じような気分にさせられる。最初に頼んだ冷やしトマトやら鉄板餃子やらが一通り運ばれてきて、次の飲み物を頼もうとするタイミングで、

「もう一人来れそうなんだけど、良い?」女が言った。これまでの会話の流れから悠里《ゆうり》だと分かった。推薦入試で早くから進学先が決まってのほほんとしていた女子だった。メガネを外して長かった黒髪を肩にかかるほどの茶髪にしているのでだいぶイメージが

違っている。

「おっ、誰か来れそう？　グループＬＩＮＥ動いてる？」幹事の裕也が声のトーンを上げ、ポケットのスマートフォンを探っている。

「いや、個人ＬＩＮＥで誘ったら来るって、咲子《さきこ》。グループ入ってなかったじゃん」

あー咲子ちゃん。裕也は誰に言うわけでもないふうに呟《つぶや》いた。目線は右上の埃《ほこり》まみれの褪せた扇風機が取り付けられたあたりを泳いでいる。その場にいた悠里以外の全員が咲子に関して何一つ思い出すことが出来ないようだ。僕も咲子という女子に関して覚えはない。けれど仲の良いクラスという高校の頃から言外に共有してきた自負のようなものがその場の空気に作用して、咲子に関して悠里に尋ねる人はいなかった。異物を受け入れる態勢が整わないまま、高校の頃の思い出をサルベージしながら過ごした。皆ジョッキの酒がすぐ無くなった。けれど注文をする人はいなかった。

七時十五分を過ぎた頃、貸切状態の居酒屋の扉が開いた。人工的に冷やされた店内に温《ぬる》く湿った自然の大気が流れ込む。その出どころに全員視線を向ける。女が一人入ってきた。夏の夜がそのままとわりついてきたような深い紺色のワンピースで、長い黒髪の隙間に真珠のイヤリングが一等星みたいに光っていた。咲子、こっち。悠里が手を挙げて呼んだ。呼ばずとも店内には僕達しか居ないのに。咲子も手を挙げてヒラヒラと振りながらテーブルの島の間を歩いてくる。腕のハンコ注射の痕跡《こんせき》がちょうど見えるくらいの袖丈《そで》。腋《わき》の下の辺りの皮膚が冷ました湯葉みたいにくたびれているのがチラリと見えた。

「途中参加で申し訳ないです。久しぶり」身体を折ってしゃがみ込み、靴を脱ぎつつ小さくなった咲子が言った。おー、お疲れ。精神的な間合いを計るように皆が口にした。五人が並んで座っている辺の真ん中あたりにゆとりを作ると、咲子は導かれるように座った。

「おい、メニュー取って」裕也に言われて僕の近くの畳に乱雑に置かれていたメニューの冊子を手に取る。裕也のもとに運ぶ、その短い距離の間に冊子に挟まっていたラミネート加工のドリンクメニューが滑り出て緊張感のある高い音が鳴った。咲子はメニューを眺め、梅酒のソーダ割りを頼んだ。

「ごめん、咲子。もっと早めに連絡しておけばよかったー」悠里が言う。咲子は、「ううん、事前に知らされてたら行く気にならなかった気がするし。急だったからむしろ行きたいなって思ったの」真意を汲《く》み取りきれず、皆笑っている音を出すためだけに笑った。

「皆さっきまで何の話してたの?」

「今どんな仕事してるかとか、高校の頃の思い出話とか?」質問するみたいに語尾を上げぎみに直樹が言った。事実を述べているのに自信なげに聞こえた。

「悠里は咲子ちゃんのＬＩＮＥなんで知ってたの？」裕也が尋ねる。

「咲子とあたし、大学一緒だったから。学部まで一緒だったし」

「ねー。大学の卒業式以来だから悠里だけ五年ぶりくらい？」咲子は言葉を継いだ。

「咲子は大学院行ったんだっけ」

「うん、最近卒業したよ」

「へぇー、めちゃ頭良いんだー」悠里じゃない女が言う。言うも言わずも変わりない言葉。

「今はどこで働いてるの？」直樹が悪気なく質問した。

「ステーキハウスでたまにバイトしてるよ。実家暮らしで」

棘《とげ》のある言い方だった。誰かを傷付ける言葉じゃない。むしろ自らの内面にある恥部を晒《さら》すような言い方。強いて言うなら在り方みたいなものに向けられた悪意のような気がした。

「そっかぁ、ありだよな。今の時代」裕也が僕の方を見て言った。久しぶりに何か喋《しゃべ》ることになったから、息を吸うタイミングを上手く取ることが出来なかった。まごついているうちに僕のターンは終わっていたようで、裕也は正面に座る咲子に向き直っていた。

「大学院は何勉強してたんだっけ？」悠里が聞くと咲子は、

「国文学専攻だったよ。日本語方言におけるサ行イ音便の研究」今回は明確に僕達に向けた悪意に感じた。

「へぇ～、めっちゃむずそうだね」裕也の返答は話の流れの中で一層馬鹿に聞こえる。じゃあ趣味は？　続けて裕也が聞く。

「趣味かぁ。趣味って言えるのか分からないけど。辞書を作ってる」

「仕事じゃなくて？」やっと僕が咲子と言葉を交わした。

「仕事じゃないけど辞書を作ってる」今日初めて咲子が少し笑ったような気がした。

「なんで？」直樹が僕より先立って咲子に聞いた。

「今ある辞書が退屈だったから。作りたくなって」

意味も分からずに皆笑い出したけれど、けして笑って良いこととは僕は思えなかった。

「すごいね、その感性ー、感動する」平坦な口調で女の一人が言った。この話題は掘り尽くされたと判断したのか、それ以上誰も質問しようとはしなかった。無言のまま僕は腰を上げた。煙草を吸いに立てるタイミングだと思ったからだ。座敷と床の中間地点にある、木で造られた足場で靴を探す。足の裏をちくっと何かが刺した。土踏まずのあたり。使い込まれた木材から棘が出ていた。靴を履いたところで背後の座敷の方から声を掛けられた。

「式田《しきだ》くん、煙草いくの？　私も行く」咲子が僕を見上げて言った。式田。僕の苗字《みょうじ》。珍しくて誇らしかった苗字。久しぶりに呼ばれた気がした。

居酒屋の外は雨の後のような高い湿度で、店を出るとすぐ皮膚が結露し水滴が生まれるような気がした。お互い煙草を咥《くわ》えて二、三度カチカチとライターを鳴らす。咲子は僕よりも太い煙草を吸っている。煙が絡みつき仄暗《ほのぐら》い咲子の色味を薄めている。居酒屋の軒下で咲子と横並び。一吸い、二吸い目で僕は会話を始めた。

「煙草吸うんだ」

「吸うよ。結局やめられなくて」二人とも煙を吸いつつ吐きつつ、会話は途切れ途切れに進む。

「式田くんはいつ煙草始めた?」

「大学二年生の頃から。先輩が吸ってたから付き合いで始めたんだけど、就活と研究室と卒論とでストレスが凄《すご》くて。咲子さんはいつから?」

「初めて吸ったのは高校生の時かも」

「え、マジで?」

「うん。お父さんが吸ってたから。正月に酔ったお父さんがビール飲めって言ってきて」

「断ったらじゃあ煙草はどうだって聞かれたの。それで吸ったのが初めて」

「そこからずっと吸ってるの?」

「まさか。そんなに不健康そう？　私」

咲子は赤いバケツの吸い殻入れの縁で煙草をトントン叩《たた》いた。

「ちゃんと吸い出したのは最近。まだ三ヶ月くらいかな」

「きっかけって何だったの？」

「お父さんが入院して」

「リビングの机に置いてあったんだよね。お父さんが置いてったやつ。まだ半分くらい残ってて。吸ってみたら、しっくりきたの。お母さんが精神的にまいってたからさ」煙と言葉を一緒にして咲子は話す。

「ちゃんと働かない私にすぐ八つ当たりするから、私もストレスだったのかも」咲子が赤いバケツに煙草を捨てると、ジュワッと鳴った。僕も思わずまだ吸いかけの煙草を投げ入れた。靴の中の痛みと痒《かゆ》みの中間のようなチクチクとした刺激が気になった。靴を脱ぎ片足立ちで靴下の上から足裏を撫で確認する。

「どうしたの？」咲子は僕に聞いた。

「いや、たいしたことじゃないんだけど、さっき座敷の縁の靴履くところで、棘刺さっちゃって」

「式台って言うんだよ。そこ」

「ん？」

「その靴脱ぐとこ。式台って名前なの。式田くんと音が似てるね」

式台。僕の名前に似ている。けれど初めて聞く名前。僕の苗字を覚えていてくれた咲子は声を出して笑っていた。


ドアを開く咲子の後ろに付いて店内に戻ると、なにやら皆が盛り上がっていた。靴を脱ぎ式台に上がる。先程までとは何か気分が違っている。単純な動作に意味が与えられた気がした。座敷に座ると裕也が僕と咲子に、

「なぁ、見ろよ。たっちゃんが卒アル持ってきたんだって」たっちゃんはメガネで細身の真面目そうな顔がたっちゃんというあだ名からはほど遠い男子だった。自分は当時ずっと竜弘《たつひろ》と呼んでいた。一通り盛り上がり終わったのか卒業文集が載せられたページが開いてあった。裕也が文章を読み上げ、それが誰の書いたものかを当てるクイズが始まった。

「私の目標はただ一つ。人を救うことです」

直樹が恥ずかしがりつつも嬉《うれ》しそうに大声を出して文章の読み上げを中断させる。

「人の夢を笑うなよ」アルコールの助けで笑うほどでもないことで、皆大笑いしている。

そこから文章を読み上げては一人が恥ずかしがるというワンパターンを繰り返す。残ったのは僕と咲子だけになった。

「私の高校三年間の一番の思い出は中国への修学旅行です。中国の高校生たちとの交流は良い刺激になりました。グローバル化の進む社会で」

「あー、多分俺のだ」自信はなかったけど、これは咲子のものではないだろうと思い僕が白状するみたいに言った。

「正解」

「なんだよ、お前真面目かよ」

「超つまんないじゃん」口々に突っ込みが入る。高校生の頃の生真面目さを自分自身もつまらないと思うけれど、模範解答を出していることに驚きもあった。ただ書くことがなくてやっつけで書いたのかもしれない。

「じゃあ最後は咲子ちゃんね」裕也がページを捲《めく》る。咲子の顔を見ると普通の顔で居たから、特別恥ずかしいことがないのだろうと思った。

「え、なにこれ」裕也が言うと、なになに、と周りは皆声色を明るくして聞く。裕也は音読せずにページを僕たちの方に見せた。

切り株に腰掛ける君
萌《も》え出る新芽に気が付かぬまま
吉岡《よしおか》咲子

広いページの真ん中にそれだけ書いてあった。

九時半。伝票を貰う。皆で割り勘して一人三千円だった。最初に裕也に金を手渡し、僕は先に店を出た。煙草が吸いたかった。後ろに咲子が付いてくるのが分かったけれど、なにも言わなかった。今回は横並びではなく、バケツを挟んで対面する。少し風が出てきて、火をつけるのが難しかった。手で包み込むと、火種が定着してくれた。対面だと煙を吐くのに気を遣う。煙に混じって口臭が漂うのではと思ってしまう。けれど同時に僕の呼気のゆくえを示してくれていると思うと気休めになった。毎回首を捻って空の方に煙を吐いた。風になびいてすぐに煙は空気に溶けた。

しばらくして皆がノロノロと店の外に集まった。今日はありがとうございましたと形式上のお礼を述べながら裕也が最後に出てきた。

「二次会もあるけど、皆無理せずで。じゃあ行きますか」

裕也を先頭に全員歩き出す。

「裕也、煙草吸ってから帰るから気にせず行ってて」そう伝える。

「おう、じゃあまた」裕也だけが振り返り手を振った。僕らから離れるにつれて皆騒がしくなっていくのが微《かす》かに聞こえた。

咲子も煙草を咥えたまま、その場に残っていた。

「二次会は行かないの？」咲子に聞かれた。

「うん。そんなに楽しくなかったから」

「あー、私も。まぁ遅れて来たし自業自得だけど」

「大人になりきれてないのかもなぁ」

「式田くんが？」

「うん、高校生の頃は同格だと思ってたけど」煙草に口をつけて深く吸い込む。次に言うことを考え、まとまったところで煙を吐きながら喋った。

「今は皆先行っちゃってる感じするんだよな」ふーんと咲子は興味なさそうに相槌を打った。

「式田くん仕事なにしてるんだっけ？」

「建設会社のマネージャー」

「ちゃんと働いてるんじゃん、おんなじじゃん。皆と」

「式田くんは実家暮らしのフリーター女は下に見てる？」咲子が笑って僕に言う。

「そんなことないよ、むしろ咲子さんから一番離れてる気がする」

「なんでよ」思ってもみなかったようで咲子は短く早く言った。

「なんて言うんだろ、咲子さんくらい浮世離れして生きてる人には負けてるとさえ思わないかも」

一本目の煙草をバケツに投げ捨てた。二本目の煙草もなかなか火がつかなかった。一度咥えた煙草を手に持ち直して、ライターを振る。

「啓太みたいに医者ってなると、まぁ収入とか人としての価値とか色んなことで負けてるって思うけどさ」再度咥えた煙草に今回はすんなり火がついた。

「咲子さんとはおんなじ土俵ですらない感じ」言い終わってから、あまりにも卑屈なことを言っていると自覚した僕は無理に笑顔を作って咲子の方を見た。咲子は煙草を吸い終えたようで、なにもせずにこちらを見ている。

「辞書作るの楽しい?」気まずさから考えなしに言葉が出た。

「楽しいよ。現代語とか若者言葉の辞書作ってるんだけど、知らない言葉ばっかりで」

「へぇー、現代語ってたとえばどんなの?」

「最近見たのだとマツパとか?」

「まつげパーマ?」

「そう、この前バイト行く途中に美容室の前のポップに書いてあった。上手い説明書きたいなって思った。式田くんは趣味とかは無いの?」

「あー趣味かぁ」何もないと言えば無難だったけれど、何か伝えたくなった。咲子に僕のことを何でも良いから知って欲しかった。

「あるんだけど、これ趣味っていうのかな」煙を吐く勢いで僕は続けた。

「マッチングアプリでさ、会った女の子とワンナイトして経験人数増やすのが強いていうなら趣味かな」咲子ならなんと言うだろうという期待を込めて、僕は言った。

「セックスが趣味ってこと？」

「セックスがっていうか、経験人数を増やすのがかな」

「なんで？」

「うーん、分かんない」手に持っている煙草は短くなって僕の指を焼こうと迫っていた。二本目の煙草もバケツに捨てる。

「なんでだろうなぁ」吸い殻の行先を覗くと、真っ暗な中に煙草のフィルターが五本浮いているその近くに、蛾が一匹腹を空に向けて水の流れにしたがってゆっくり移動していた。

「とりあえず駅戻ろうか」僕はそう伝えて、咲子と横並びで歩き出した。

「征服欲みたいな感じ？」咲子は興味深そうに笑いながら聞いた。諭すような口調にも聞こえる。

「いや、それとも違うかも。なんて言うんだろ」

「上手く表せる言葉何かある？」

「生きてる実感かな」

「へぇー面白い。私よりよっぽど浮世離れしてるじゃん」

「めちゃくちゃ浮世だよ」

「なにそれ、面白い。でも凄いじゃん。私まだ処女だし」自虐とも違う何気ない言い方。

何か試されているのかと思われた。

「本当に?」

「うん、避けてるわけじゃないんだけど、やり方がよく分からない」

「セックスの?」

「セックスっていうよりは恋愛かな。あと私も式田くんもセックスって言い過ぎ」

「ごめん。でも辞書にセックスって載せる時、なんて説明書くの?」

「またセックスじゃん」

「ごめん、でも気になったから。これがラストセックス」

「ふふ、ラストセックスってなに?」

「最後に口にするセックス」

そう言っている間に駅に着いた。裕也たちがいるのではと思ったけれど、何処か店に入ったのか、駅前には居なかった。

「もっかい喫煙所寄って帰るわ、咲子さんも行く?」

「行く」

そう言って駅の近くにある喫煙所に向かった。花壇で簡易的に区切られた場所に大きな灰皿が置いてある。

「煙草止めたいなぁ」咲子は一吸い目の煙を吐きながら言った。

「止めたいの？」

「吸ってると良いこともあるけどさ、健康的ではないよね。歯黄色くなるしさ、あと口の中ベタベタしない？」

「あー、分かるかもしれない」口の中という言葉が聞こえて僕はどきりとした。けれど巡り合わせのような気もしたのだ。今は言ってはいけないことなどないような気がした。だから僕は言葉を継いだ。誰にも言わなかった秘密を明かす。

「僕さ、歯ないんだよね」

「は？　どういうこと？」丸く見開いた目から吸った煙が出てきそうだった。

「歯がないって言うと語弊があるかも。正確には四本歯が欠けちゃってて、歯の歯たる部分がない」

「見せてよ、なに言ってるかよく分かんない」

僕は煙草の煙を吐き切って、咲子に口内を見せた。咲子は背伸びをするようにして僕の口を覗く。咲子が見ている間、僕は呼吸をストップさせ続けた。鼻呼吸なら良かったのだろうけれど、自らの身体から空気の流れを作り出したくなかった。

「本当だ、無い。なんで？　歯医者行くお金ないの？」

「これがまた説明しづらいんだよなぁ」煙草を吸わないで、しばらくの間を空けて僕は告白した。

「昔聞いたんだよね。虫歯があると、そこに食べカスが溜まって、歯周病菌が繁殖して、それが口内から身体中に巡って、死期が早まるって」

「死んじゃダメじゃん」咲子を見ると口に咥えた煙草を左手で支え、火をつける直前の形で停止している。咲子が死んでは駄目だと思っているのが意外だった
「まぁ、そうなんだけどさ。自傷行為っていうか」自分の発言に対する自信の無さからか、煙草を吸うペースが速まる。作り物のベリーが強く香る。

「自家製の毒を口で作ってるって自分では思ってる」

しばらく咲子は真顔で考え込んだ。

「なんかフグ毒みたいだね」

「テトロドトキシン」

「フグ毒ってテトロドトキシンって言うの？」

「そう。言いづらいよね」

「なんか勿体《もったい》無いね」

「知識あって、面白いのにさ。でも式田くんは死にたいんでしょ。羨《うらや》ましいよ。式田く

んが」

僕は嬉しかったけれど、これが嬉しいと思って良いことなのか疑問だった。もしかしたらこれは咲子なりの皮肉と悪意なのかもしれないと思われた。

「私、今日で煙草止めた。式田くんと違ってもっと長生きしたいし」さっきまで口に咥えたまま吸わずにいた煙草を箱に戻して咲子は呟いた。

「え？　マジで？」

「余りの煙草とライター貰って」そう言って咲子はあと数本が残った煙草の箱とピンク色のライターを押し付けるように僕に渡した。

「ＬＩＮＥ交換しない？　また話せたりする？」咲子はスマートフォンをバッグから取り出して、こちらを見ずに言った。僕の返答を待たずにＱＲコードを僕に見せて来た。

「私文字での会話苦手なの。だから電話で話しても大丈夫？」咲子は僕の意思など関係なく、連絡先を交換するのは決定事項という感じで僕に言った。僕は咲子のＱＲコードを読み込んだ。

吉岡咲子。アイコンには証明写真のように撮られた咲子がこちらを見ていた。

「じゃあ私帰る。家で辞書の作業したいから」

帰ろうとする咲子を追うように煙草を最後に一口深く吸い、捨てようとした。

「そこでまだ煙草吸ってなよ。その方がもっと早く死期近づくでしょ」咲子は笑って僕に言い、喫煙所の奥の方に僕を押した。肩で体当たりをするように、けれど冗談の範疇《はんちゅう》に収まるくらいの強さで僕は押された。

「ずっとそこでテトロドトキシン燻《いぶ》してればいいじゃん、じゃあまたね」

そう言って咲子は駅に一人で歩いて行った。

「明日、まだ死んでなかったらLINEして」

咲子は今日で一番大きな声を出して僕に言った。それほど離れてはいないけれど、両手を口の横に添えていた。ちょうど街灯の境目に立っていたから暗くて表情はよく見えなかった。笑っているのだろうなと思うけれど、確信はない。

咲子の残した煙草は僕の吸っている倍のニコチンとタールが含まれている重い煙草だった。リップクリームなのか、口紅なのか分からないけれど、吸い口がテカテカと光っているのが一本だけあった。咲子が口に咥えて吸わなかった煙草。手に取って灰皿に捨てた。他の一本を手に取り口に運んで吸った。なんの香りもつけられていない。肺に入れると煙が内側から僕を押すような感じがした。

一人で駅に向かいホームに着くと、丁度電車がやって来た。人はほとんど乗っていない。一番端の座席に座る。ポケットからスマートフォンを手に取り、咲子にメッセージを送った。

「お疲れ様です。とりあえずまだ死んでません。帰宅してるところです」

スマートフォンを戻すとすぐに歯茎の腫れが疼《うず》いてきた。酒を飲むといつもすぐに疼き出すけれど、咲子といる時は感じなかった。銀色の手すりに右顎のあたりをくっつけた。

スマートフォンを再び開く。咲子から返信があった。

「勘違いしてほしくないから言うけど」

「歯がボロボロなのが面白いってわけじゃないから」

苦手と言っていた通り、感情の見えてこない文章だった。けれど笑っているだろうなと思った。なんと返すべきか迷ったけれど、

「今手すりで冷やしてます」そう返信した後に写真を送った。手すりに顔をあてている自撮りの写真だ。すぐに既読がついてメッセージが返ってきた。

「その手すりはスタンションポールって名前」

何と返すか考えるより先に僕は家から近い歯医者を探すことにした。はじめて歯がボロボロと崩れた大学生のあの頃が想起された。あの棒の先に鏡のついた器具はなんて言うのだろう、そう思った。

濡れ鼠

朝は六時。わたしは毎日決まった時間に起きる。隣には実里《みのり》が裸のまま寝ていた。タオルケットも掛けず、わたしに背を向けて膝《ひざ》を抱えるように小さく折り畳まれて眠っている。服を着ていないのにナイトキャップは着けているのが不思議だ。裸で眠ることは厭《いと》わないのに髪を摩擦から守りたいというのが、わたしには理解できない優先順位だった。無駄な肉の付いていない実里の背中は裏返ったボートみたいに見える。肌はまだらに赤みを帯びていた。寝る前に消したエアコンがついている。二十四度。わたしのいつもの設定温度より二度低い。それでも実里はしっとり濡《ぬ》れて、肩甲骨の辺りの産毛の根本に分泌されたての汗が流れることなく取り付いている。けれど小さく纏《まと》まった寝姿は寒さを訴えているようだった。

毎朝朝食を作れなどと言うつもりはない。けれど生活リズムの合わなくなった暮らしがわたしを孤独にさせていることを理解して欲しいとは思うのだ。実里が新しい仕事を始め、昼夜逆転した生活が始まってから一ヶ月が過ぎた。寝室の入口にはワンピースと下着類が脱ぎ散らかされ、洗面所の化粧品のボトルはいくつも口が開けっ放しのまま放置されていた。七時過ぎには家を出る。実里が家を出るのはいつも十九時頃だから、同じ場所に暮らしているけれど、二人の生活にはちょうど半日のズレがある。

寝る前にカバンに資料を入れておき、あとは作業机の上のMacBookを入れるだけにしておくのがわたしのルーティンだった。アイロンを掛けたシャツとブルージーンズ。ポケットにハンカチ。最低限かつ小綺麗《こぎれい》な身だしなみでいつも通り玄関を出た。今日は何度になるのだろうか。寝室の実里を気遣って、わたしは一ヶ月前から朝はテレビをつけるのをやめた。そんな些細《ささい》な配慮に気付くことなく実里は眠っている。ニュースを見なくなってからは朝食を摂る習慣も風化した。七時過ぎでも日差しは強い。わたしはもはや若くなかった。家を出てから駅に着くまではなんともなかったのに、冷房の効いた電車に乗ってから汗がじんわりと滲《にじ》む。

電車が動き出してから、わたしは本を持ってくるのを忘れたことに気が付いた。『地下生活者の手記』。二日前に買ったものだ。文庫本をカバンの横のポケットに入れ、電車の中の三十分、一日二度読むと決めていた。普段は忘れ物などしないのだ。学生の頃は忘れ物をすることも何度かあったけれど、入念な準備で不精な自分を律しながら生活するうちに、真面目になれた。過去の自分は無かったことのようにさえ思っていた。実里の生活の乱れがわたしの心の乱れになっているとこの時初めて自覚させられた。恋人のだらしなさをすんなりと受け流すだけの度量がわたしには備わっていないことが恥ずかしかった。

読書をしない三十分の間、スマートフォンを見て過ごした。職場に着いてからコーヒーを飲みながらするはずだったメールチェックを電車内で済ますことに決めた。キーボードではない、慣れないフリック入力での文章作成はストレスが溜《た》まる。けれど電車内で立ちながらパソコンを開くのはあまりに品がない。画面が小さく、見づらく打ちづらい。パソコンと違って通知ひとつひとつの主張が激しい。SNSのポップアップ通知が高まり始めた集中を削《そ》ぐ。ゼミ生の一人から、今日のゼミで使う発表用のパワーポイントが送られてきていた。朝四時に送られていたようだから、夜通し作業していたのだろうと思われた。四限までにわたしが印刷して二十部ほど持っていく。講評もしてあげなければならないから、しっかり時間を費やし目を通さなければならない。ポケットに入れておいた手帳に『ゼミ用パワーポイントチェック』と書き入れる。

学生からもう一通メールが来ていた。先週の西洋史概論のレジュメをデータでくださ い、とのことだった。小さい画面で慣れない入力方法だったからか、いつも以上に腹立たしい。医療機関の診断書を提出するか、就職活動をしていたことを証明できる書類等がなければ認められない。そのように書いて返信した。家を出てから、不要な心の動きが多い。感情の一つ一つが粒立っている。スマートフォンでの作業を終わらせて画面の明かりが消える。それと同時にLINEの通知が入って、まばたきするみたいに画面が明るくなった。

『行っちゃった？　見送れなくてごめん〜』実里からだ。トトロの形のケーキが載った皿を胸の前で抱える実里の写真がアイコンになっている。わたしは実里がこのケーキをどこで、そして誰と一緒に食べたのか知らない。実里のアイコンがこの写真になったのは最近のことだ。二週間ほど前までは旅館の和室で浴衣を着た実里がカニの甲羅を両手で持って笑っている写真だった。一月に行った熱海《あたみ》旅行の写真。わたしが撮った。

写真が替わっただけのことである。けれど実里が一番美しいと自己評価する瞬間が塗り替わったからアイコンの写真は入れ替わった。その瞬間にわたしは一緒にいなかった訳だ。誰とトトロのケーキを食べたのか。そんな些細なことを聞くことすら出来ないでいる。すれ違うような生活リズムのせいで、何気ない会話をすることも、それどころか目を合わせることもなくなっている。

駅に着く。大学名をそのまま冠した駅。朝は学生が少なく唯一静かな時間帯だ。それ以外の時間には大学生がいつだって駅周辺で騒ぎたてている。駅から大学までは三分もなく、ゆったりとした登り坂の一本道が正門まで続いている。わたしの職場は特別偏差値が高い訳でも低い訳でもない中堅大学だ。研究室を持って、学問に励みながら授業を受け持っている。公募に通って史学科の准教授になって三年目になった。今日は一限、二限、三限に教養科目の講義。四、五限とゼミがある。火曜日が週の中で一番タフな一日だ。三年前までは非常勤講師として二、三の大学を回っていた。その頃に比べれば精神的にも身体的にも安定しているし、金銭的に考えれば大幅に待遇は向上している。来期の契約のことや、出張費を捻出《ねんしゅつ》するために何を節約するか、本を一冊買うかどうかで悩むこともなくなった。奨学金の返済が滞らぬように夜勤のバイトをする必要もない。広いマンションで暮らして、それなりの贅沢《ぜいたく》が出来るようになった。都心でないから家賃も安い。

研究室に到着すると、まずポストを開く。学生の出したレポートが山になっていた。わたしが三週間前西洋史概論で課した。昨日は十九時には帰宅したから、それ以降に出されたものだろう。レポートの山を抱えて部屋に入る。剽窃《ひょうせつ》を嫌って手書きレポートにしたのだが、採点の手間は増えた。学生からも不評だけれど、それでもわたしは剽窃が嫌いだった。

史学科の研究室は三号館四階に集めて作られている。一番乗りはいつだってわたしだ。フロアの端の給湯室にはコーヒーマシンが置かれており、毎朝わたしがセットしている。

誰かに強制された訳ではない、自分だけの決まり事だ。他の先生方もコーヒーを飲んでいるようだけど、わたしが準備しているとは伝えていない。口にすると恩着せがましいだろうと思ってのことだ。古ぼけたコーヒーマシン。黒いプラスチック製のボディには何度拭《ぬぐ》っても取りきれない埃《ほこり》が頑固に付着している。新調したいとは思うものの、どこに申請すればよいのか分からなかった。水とコーヒーの粉末をセットして自分の部屋に戻る。ノートパソコンや資料を取り出しデスクに並べて、椅子に座った。ジーンズの太ももが突っ張る。ポケットのスマートフォンを取り出し、実里へのＬＩＮＥの返信をせずにいたことを思い出した。ＬＩＮＥの緑のアイコンを押すと、そのまま実里とのトーク画面が開いた。

『行っちゃった？　見送れなくてごめん～』先ほどから会話は進んでいない。おそらくまた寝たのだろう。さっきは寒くて起きたのだろうか。タオルケットか何か掛けるべきだったか。

『いつも通りの時間に出たよ。寒かったかな？　風邪引かないようにして、ゆっくり休んで。また夜から仕事頑張ってね。』そう送った。絵文字はおじさん臭いと実里に笑われてから使えなくなった。

わたしと実里は歳が十二離れている。三十七と二十五。実里の誕生日はまだ先だから、数字だけで見るなら今は十三離れていることになる。博士課程一年目の年齢だ。もし学生たちがこの事を知ったら気持ち悪いと思うだろうか。思うだろう。学生の歳の頃のわたしなら気持ち悪いと思ったはずだ。時代は随分進んで、特に性愛に関しては、多様性が盛んに言われるけれど、年の差に対しての風当たりはまだ強いように思われる。付き合って一年と少し。いや、熱海に行ったのは一年の記念だったから、もう一年半になる。時間が経つのは早いと老人はことあるごとに口にするけれど、こういうときに、ふと身に沁みて年齢を感じてしまう。

一年半前、十二月。冬の寒さやクリスマスよりも卒論や修論に焦る学生の顔が先に思い浮かぶ。冬休みの十日間、わたしは毎日自分の研究室に出勤した。そして学生たちは毎日わたしに縋《すが》った。イタリア中世史がわたしのメインの研究分野だったけれど、ヨーロッパ史に関して論文を書く学生は列を作ってわたしの部屋の前に並び、助言を受けては帰っていく。売れっ子占い師の気分だった。実里と出会ったのはその頃だ。

冬休みの構内は閑散としていた。何日か前に降った雪が積もったままになっていて、自販機はほとんどの飲料が品切れ、売店には食料が乏しかった。大学の事務室に用があって足を運んだけれど、窓口は今まさに閉まろうとしていた。時間は十五時前。実里は施錠を済ませ、ドアのプレートをＯＰＥＮからＣＬＯＳＥＤにひっくり返しているところだった。辛子色のセーターに朱色を基調としたマドラスチェックのスカートを合わせていて芋っぽい。罵《のの》るつもりはない。ただ色味がさつまいもに見えた。無防備で気の抜けた背中にすみませんと声をかける。振り向いた実里は化粧っ気のない腑抜《ふぬ》けた顔を一瞬でこわばらせた。凹凸の少ない顔立ち。けれど不思議と美しかった。何にでもなることができそうな顔だった。最寄りのコンビニにいつも居る店員でも、テレビに出るようなアイドルでも、報道番組で取り上げられた痛ましい事件の被害女性でも、どれだって違和感なく当てはまりそうな造形の顔。長いとも短いとも言えない髪型も拍車をかけて、全ての可能性が開かれているように見えた。

なにか御用ですかと聞かれ、わたしは十五時までは窓口取扱時間のはずです、まだ十分前なのに帰られるんですか、とは言わなかった。はっきりとその文章は浮かんでいたけれど、前年度版の履修要覧をいただきたいのですが、とだけ声にした。彼女は鍵《かぎ》を開け直し、わたしを中に案内してくれた。プレートはＣＬＯＳＥＤのままだった。

室内に入ると、サッカーゴールほどありそうなスチール本棚に挟まれた狭いスペースで実里は履修要覧を探してくれた。五、六冊の分厚い冊子を胸の前に抱え、近づいてきた実里は想像以上に小柄だった。わたしは平均的な男性の身長からすれば高い方だ。一七七センチかそこらであろう。実里はわたしが普段接する学生たちと比べても一際小さく細く見える。前年度版の履修要覧は学部ごとに分かれており、大学院のものも含めるとまだ数冊あると教えてくれた。文学部のものならこちらですが。そう言って窓口のハイカウンターに積み上げた数冊の中から一冊をわたしに差し出した。史学科の教員であることは明かしていなかったから、不可解に感じた。実里はわたしの疑問を感じ取ったように、

「雨宮《あまみや》さんの講義、わたし受けたことありますよ。西洋史Ⅱ。落としましたけど」と笑顔で言った。実里はこの大学の卒業生で、今は大学職員として働いているとのことだった。

「雨宮さん、授業中に騒いでいるチャラい学生に冷たい声で叱ってるの記憶に残ってたので、さっき、怒られるかもって思っちゃいました」

「あら、そうでしたか。それは申し訳ない。要覧ありがとうございます。返却した方が良いでしょうか」

「いいえ、沢山あるので持っておいてもらって構わないですよ」

「そうですか、ありがとうございました」

わたしが部屋を出ると実里も後ろについて出て来た。冬休みなのに大変ですねというような意味のない会話が始まりそうな気がして、足早に歩いた。廊下の奥に鍵を回す音が小さく聞こえ、振り返ると、ちょうど実里も施錠を終えて振り返ったところだった。実里はリズミカルな足音をさせ、いつの間にか横並びになっていた。まだ雪の残る道を歩く。横並びになると実里は一層小さい。けれどわたしの目線から見た実里は胸の辺り

の膨らみの主張が強く肉感的だった。一五〇センチほどの実里の胴全体が乳房なのではと思われた。

「コートを着ずに寒くないんですか」わたしがそう尋ねると、実里は小さく鋭く、あっと声を上げ、コートを忘れましたと言って来た道を戻っていった。取り残されたわたしは自室に向かった。雪道で突っ立ったまま待っているのもおかしいだろうと思ったからだ。道中何度か後ろを振り返ったけれど、実里の姿は見えなかった。

実里と再び会ったのは、年が明け大学の授業が再開してすぐだった。期末テストが数週間後にある、学生は皆焦り、勉強をし始める。焦っているのは教師も同様で、テストの作成やレポートの採点、それに卒論を書く学生への指導も重なる。日によっては飯の味を感じないほど忙しい。

十九時を過ぎて学食に行った。夜の学食はいつも人が少なく、体育会の学生がミーティングに使っている以外の食堂としての正規の利用者は数えるほどしかいない。家に帰っても食べる物がないわたしは食券機の締め作業の時間ギリギリに行っては夕食を摂《と》るのが習慣になっていた。スーパーやコンビニで買って帰るよりは幾分か健康的な感じがするのが良い。コンビニやスーパーの食事は機械で作られているような気がするけど、学食は人が作っているところが目に見えるのがその理由なのかもしれない。食券機のほとんどのボタンは赤いバッテンが灯《とも》されていて、食べられるのはチキンソテーか蕎麦《そば》やうどんといった麺類《めんるい》だけだ。蕎麦やうどんよりはチキンソテーの方が健康的に思えて、大抵チキンソテーを食べる。わたしは健康オタクではない。そんな私の耳にも小麦に含まれるグルテンに関しては様々情報は入って来ていた。

学食の端っこで一人食事を済ませた頃、遠くの席の見知った顔が目に入った。わたしのゼミに所属している院生の女子だった。相川伊織《あいかわいおり》。相川は、ゼミの度に出席の点呼をするからフルネームを覚えている。その横には実里がいた。相川は、ゼミではけして口には出せないけれど、すこしふくよかな感じでわたしの母に似通った体型をしている。口には出さないだけで、そう思うことは何度もあった。その横に座る実里はフードコートに連れてこられた子どものようだ。ふと実里と目が合って、彼女はわたしに会釈をした。連鎖するように相川もこちらに気が付き、二言、三言、女二人はこそこそ言葉を交えていた。相川が実里の腕を摑《つか》み、椅子から引っ張り上げるようにして連れてきた。

片手にコートを持ち、大型犬のリードを持つみたいにして実里を引きずって相川が歩いてくる。少し離れたところでわたしの名を馴《な》れ馴れしく呼び、向かいの席に座った。

「先生、お疲れ様です」

「相川さんも遅くまでお疲れ様」そちらの職員さんとはどういう関係なの？　と一番に聞きたかったけれど、話には流れというものがある。話の流れを理解出来ずに失敗した

経験が何度もあったから、一際注意を払って会話するのが癖になっていた。研究の進捗《しんちょく》を少しばかり尋ねてから、

「そちらの職員さんとはどういう関係なの」思いついていた文章をそのまま口に出した。

「みのりちゃんはサークルの同期で仲良かったので」

「あぁ、そうだったのね。この前はありがとうございました」

実里は頭を下げ席に着き、こちらこそ先日は申し訳ありませんでしたともう一度頭を下げた。仲の良い同期と、職域は違えど同じ大学の職員の間に立たされ、寄る辺ないといったように見える。かといって助け舟を出すことができるほど、わたしはコミュニケーションに長《た》けているわけでもなかった。

「そういえば、みのり一緒に先生の授業受けてたんだって。西洋史Ⅱ」

西洋史Ⅱはわたしが着任して一年目から受け持つ授業だった。前任の先生が長いこと担当していたらしく、その頃は非常に簡単に単位が取れると学生の間で人気があった。三択のテストで毎年問題が変わらず、それさえ出来れば単位が貰《もら》える。わたしが受け持ってからは簡易的なレポート課題を二回とテストを一回行うようになった。もちろん毎年問題は変えている。

「落とされたんでしたっけ」わたしが尋ねる。

「そうなんですー」と実里は語尾をだらしなく伸ばし、この前とは全く違う声のトーン

で話した。上ずって甘ったるい声質が鼓膜にまとわりつく。

「わたし世界史受験で使わなかったんで、何にも分かりませんでした」

「何を専攻されてたんです？」

「情報デザイン学科で、デザインとかそういうのを勉強してました」

「理系でらしたんですか」

「見えないよね」相川が会話の合間に上手《うま》くクッションを挟む。非常に話しやすい。そこから意味のない鼎談《ていだん》がしばらく続いたが苦痛ではなかった。今日一日の職務を終えた解放感からそう感じたのかもしれない。

相川は図書館に戻ると言って立ち上がり、わたしと実里もつられて学食を出た。相川はタメ口と敬語、両方の挨拶《あいさつ》を残して図書館に向かった。相川がいないと途端に会話のラリーは鈍くなって、耐えきれずに一度研究室に戻るので失礼しますと伝えて実里と別れた。別に用などないけれど、パーソナルスペースに戻ると安心できた。ダッフルコートのポケットに入れたスマートフォンを取り出すと、相川がわたしと実里を含めた三人のＬＩＮＥグループを作っていた。

それから二度、三人でお酒を飲む機会を相川は設けてくれた。二度目の飲み会のあと実里に誘われて肉体関係を持ち、付き合うことになった。誘われてといっても実里がわたしを誘惑したというわけではなく、何となくそう感じたというだけだ。色恋から遠ざかって久しかったわたしの勘違いなのかもしれない。付き合って半年でわたしのマンションで同棲《どうせい》を始めた。これほどにスピード感のあるお付き合いは初めてのことで、四十を手前にして迎える初めてというのは案外楽しいものでもあった。実里は当然ながら若く美しかった。顔の造形に対する評価というようなことではない。若いということが美しく思えた。老けた自分に負い目とは言わないまでも胸につかえた罪悪感にも似た気持ちがあるのも確かだった。

コーヒーを注ごうと給湯室に行くと、もう誰か一杯目のコーヒーを持って行ったようだった。紙コップに跳ねたコーヒーの飛沫がシンクを点々と汚している。自室に戻りコーヒーを飲みながら先ほど送られてきたパワーポイントの資料に目を通す。けれど気掛かりは実里だった。『ヴェネツィア都市史とレヴァント貿易』。そのタイトルを数度読み直す。しかしまるで言葉の意味が入ってこない。わたしの研究領域と重なる部分の多いテーマ。理解するまでにしばらくの時間を要した。文字と意味が頭のなかで繫《つな》がらなかった。

八時には研究室に来たはずなのに、タスクをこなすことなく八時十五分になろうとしていた。九時には一限の講義が始まる。『史学概論』。わたしがコーディネーターとして取り仕切る授業で、今日は他大学から知り合いの研究者を呼んで講義をしていただく。

三十分前には会議室に通さなければならない。おしゃべりが好きな人だから、そのあと仕事は出来ないだろう。そのまま二限は『西洋史研究入門』。九十分喋《しゃべ》りっぱなしの授業だ。その後に昼休みを挟む。パワーポイントはその時間に読み込むことに予定を変更した。全ての予定がずれ込み、どこかで無理をしなければならない。その発端が恋愛であることだけは自覚すまいと努めていた。とりあえず部屋のコピー機でパワーポイントを印刷した。今のわたしが取り組むことができるのは思考を要さない単純作業のみだった。

昼休みに入って、コンビニで買ったサンドウィッチをつまみ、ゼミ生のパワーポイント資料をチェックする。必要に迫られ、思考は鋭敏になっていた。普段なら目に留まらないような重箱の隅をつつくような指摘も多くなってしまった。

ゼミに向かう途中、実里からＬＩＮＥが入ってきた。ラッコが一匹、寝ぼけ眼で起き上がるスタンプ。十四時八分。やっと実里は目覚めたようだった。こんな時間におはようと返すのは嫌味ったらしいのではと考えたから、『寒くなかった？』と返しておいた。すぐに既読が付いてメッセージが返ってくる。えっへんと書いてある胸を張ったトトロが描かれたスタンプ。会話になっていないのは勿論《もちろん》だけれど、文章じゃなくスタンプというのも、わたしを戸惑わせる。けれどＬＩＮＥは若者のものという意識が強くあるからか、改めてくれと言うことは出来ない。わたしよりも実里の方がＬＩＮＥの礼儀作法を弁《わきま》えているはずだ。トトロ、今のプロフィール画像にも写っている。実里がトトロを好きなのかどうかも、わたしは知らない。きっと実里の自堕落な生活に対する不満が形を変え、至る所に表出しているのだろう。実里への腹立たしさはまるで年頃の娘に対する怒りのようだ。そんなことを口に出せばまるで親子のような関係になってしまう気がするのだ。生活態度を見直せなんて歳の離れた恋人に対する注意ではない。年上として自由に生きる実里を見守ってやるのがわたしの役目であるはずだ。

五限が終わり自室に戻った。キャスター付きの椅子に座った途端にピークを超えた疲労が押し寄せた。ずっと立ちっぱなしだった。体重を支えることをやめた両足に血が通いだし、それと同時に下半身の疲労が全身へと血流に乗って広がった。ヨーロッパ中世史研究のゼミは滞りなく行われた。仕事をしているときだけ、わたしは実里から自由になっていた。けれど身体から悩みが離れた時間の分だけ、その悩みは成長し、肥大してわたしの元に帰ってくるようだった。

とりあえず飯を食うことにした。腹が減るのは、わたしが正常に働いている証左のように思えて安心する。ゼミの終わりかけ、十八時四十分頃、『じゃあいってくるね』とＬＩＮＥが入っていた。実里はいつも十九時には家を出る。今から家に帰ったところで食卓に着くのは一人だ。であれば学食に行く。

　学食はいつも通り人がまばらだった。食券機で買うことができるメニューは今日も麺類かチキンソテーだった。今日は蕎麦の気分だ。チキンソテーに飽きて月に一度くらいの頻度で蕎麦を食べる。わかめそばのボタンを押したつもりだったけれど、食券機からは月見そばの食券が吐き出された。押したボタンと違う券が出たので、わかめそばに変更してくださいと伝えて食券を渡し、差額の二十円とわかめそばを受け取ってテーブルに置いた。席には着かずに併設された購買に向かいほうじ茶とヨーグルトを買った。甘いものが食べたかった。

　若い頃より食が細くなった。いつも実里の方がよく食べる。かつては沢山食べる女性は苦手だった。今まではだいたいが同じ年齢、離れていても二つ三つ向こうが若いというのがせいぜいだった。二人で食事に行って、自分より多く食べる彼女というのにどこか不快感を抱いていた。そういう小さな不快感から始まり、別れを切り出すのがわたしの恋愛傾向だった。けれど実里は若かった。若いというだけで許さなければと思える。それは中年のわたしなんかと付き合ってくれているということに対する負い目から来るのかもしれない。そう考えていたこともあったけれど、今は偏《ひとえ》に実里の若さが可愛らしく、そして不可侵なものだと思っているからなのだと自分自身を納得させている。

　蕎麦の器を置いた席に戻り食事をした。麺類は啜《すす》って食べるから満腹になる前に食べ終わってしまう。ヨーグルトは買ったものの気分ではなかった。片手にヨーグルトを持ったまま器を片付け、食堂を出た。

十九時三十分、荷物をまとめて帰路に就く。わたしの研究室はよく整理整頓《せいとん》されている。壁伝いに置かれた本棚にはイタリア史に関する資料や教科書が並んでいる。わたしが関わった本も数冊ある。L字形に配置されたデスクの引き出しには見やすく種類が分けられファイリングされた書類が収まっている。今年も科研費の公募が始まった。また忙しくなる。

正門から続く大きな通りには部活動やサークル活動を終えた学生がいくつも輪を作っていた。正門を越えて坂を下る。登り坂がキツいのは勿論だけれど、下り坂にも下り坂特有のキツさがある。上りは重力に逆らって歩くから足腰に普段以上の負担を強いられる。しかし下りはその重力に負けて転げ落ちないように耐える力が要った。革靴の踵《かかと》に体重を乗せるようにして坂道を下る途中、宙に浮く余力も残らぬ蟬がアスファルトの上で翅《はね》をばたつかせ、傾斜に沿って滑り落ちていく音が聞こえた。

駅に着いて文庫本を忘れたことを思い出して本屋に寄ろうかと思ったけれど、まだ読んでいる途中の本があるのに新しい一冊を手にすることが許せず止めておいた。電車に乗ってやることもなくスマートフォンを見ていた。実里とのここ一ヶ月のLINEのやり取りを何気なく遡《さかのぼ》った。実里はいつも四時半ごろには、今から帰るよとメッセージを残していた。その時間、わたしは眠っているから、メッセージを見るのは毎回朝起きてからだった。

自宅に着いた頃にはもう夜になっていた。海に程近い駅の近くにあるマンション。夜の色に同化した雲が空を覆っていた。潮風の匂いを希釈するように空から雨の降る前の匂いがした。部屋のドアを開けると、玄関からすぐ近くの洗面所の電気がつけっぱなしになっている。足元には実里のブーツやサンダルがシューズボックスから取り出してあった。焦って家を飛び出した実里の軌跡が手に取るように分かった。

リビングも寝室も朝とあまり変わっていない。洋服も床に散らばったまま。わたしの居ない時間に実里はひとり家で何をしているのか。もともとはわたしが一人で暮らす部屋だった。二人で暮らすには少し狭い２ＬＤＫ。実里が一人で使う部屋はない。一部屋はわたしの仕事部屋、もう一部屋は寝室に使われている。わたしが整理すればそれで済む。そうは分かっているけれど、実里自身の気付きにならなければ何も変わらない。二人で生活を共にしているのだから、わたしがただ堪えていれば良いということでもない。けれど実里も事情があって転職をしたのだから、責めたり叱ったりすることは宜《よろ》しくない。次に実里と休みが合った日にきちんと伝えようと決心した。伝え方の問題だ。実里を傷つけない言葉を選びながら、共同生活における最低限のルールを定めてやれば良い。

三ヶ月ほど前、実里の父親はかねてより悪くしていた肝臓をより悪くしたらしかった。生体肝移植を受けようと家族にドナーに適合するものがいるのか検査を受け、実里の四つ離れた兄がドナーとなることが決まった頃だった。父親は肉、魚を極力絶って健康的な食生活を送り、生活の一部だった酒も煙草も止めていたという。すべては今後に控える手術に向けてのことだった。その最中に実里の父親は亡くなった。五十代半ば。薄命であった。わたしと実里が付き合っているのを知らないままだった。

訃《ふ》報《ほう》を聞いた実里は酷《ひど》く落ち込んだ。パパに悔いを残させた、最期くらいは我慢させずパパの好きにさせてあげれば良かったと寝室でも居間でも風呂でも、ところ構わずきっかけもなく半狂乱で泣いた。それは結果論だろうと言うことに何の救いもないと分かっていたから、寄り添ってあげることしか出来なかった。

父親の葬儀と繰上げ初七日法要が終わり、実家からわたしのマンションに帰って来た次の日から、実里は大学で働くことが出来なくなった。防御反応だったように思う。わたしからは、いたって元気には見えたけれど、朝起きられない日が続いた。精神科を受診してカウンセリングを受け、薬で眠るようになった。大学職員の仕事をしながら、学生時代に勉強したウェブデザインを仕事にしたいと転職のためにポートフォリオを作っていた。

結局大学を退職し、しばらくの間はわたしのいない時間に家事をこなしたり、ゲームをしながら過ごしているようだった。実里には目立った趣味がない。働かずにいる時間を有意義に消化する方法が見つからないようだった。


仕事を辞めて二週間が経った頃、実里はわたしをリビングに呼んだ。書斎で研究資料を読み込んでいる最中だった。ルイボスティーのポットがテーブルの真ん中で湯気を立ち上らせていた。普段見せない真剣な顔がいやに美しく、別れを予感させられた。別れたくないと言うのが正しいのだろうけれど、そこまでの熱量を持ち合わせているか、わたし自身にもよく分からないところだった。実里は二人分のカップにルイボスティーを注いだ。傾けたポットからさっきまで湯気だった水滴がポタポタ落ちた。実里はその水滴を認識していたようだったけれど、拭わずに押し黙っていた。お茶を啜る以外、わたしにはすることがなかった。

「伝えておきたいことがあるの」実里はわたしの目を真っ直ぐ見つめて言った。言外に覚悟を滲ませ、視線で伝えようとしているようだった。

「私、今は普通のところじゃ働けない。だけど働かない生活だともっと不安になる」

「分かるよ」わたしは女性に対すると、分かっても分からなくても、分かるよと答える癖がある。

「ありがとう。わたし学生時代バーで働いてたでしょ。そのときの店長と連絡取ったら、次の仕事が見つかるまで働いたらって言ってくれたの」

実里が学生時代にバーで働いていたのは初めて知ることだった。バーで働いていたこと、そしてそれを既知の事実のように話されたことの両方が引っかかったけれど、追及するのも間が悪く思えて、そうかそうかと頷《うなず》くしか出来なかった。

「バーだしさ、夜出て行って朝帰る生活になると思うの。しゅういちさんには迷惑かけることになるけど、どうしても働きたくて」

それから実里は同じような内容を何度も繰り返して、わたしに深夜バーで働くことを許可して欲しいと懇願した。今までやって来た家事はちゃんと続けるという条件付きだった。感極まっているようなうわずった声だった。良いよと言うより他になかった。わたしが実里より大人だからだ。今でもまだバーという職場の実態がよく摑めずにいる。わたしは酒を飲まない。わたしの積んできた経験値の中にバーというものは含まれていない。けれど良いよと言った。実里がやりたいということを否定することは関係性上許されないと思った。

実里はバーで働くことになってから色鮮やかなワンピースを何着か買った。おそらく実里の趣味から外れた服だ。そのワンピースを身に纏う実里の姿を見てバーで働くということの解像度が増した。

実里がバーで働くようになって一ヶ月経った。今では約束した家事も疎《おろそ》かになっている。どうせ転職のためのポートフォリオも投げ出したのだろう。しかし実里は突然涙を流すことも無くなり、安定しているようだった。

わたしはカバンからMacBookとファイルに詰めた資料を取り出した。五年前に美術館で買ったラファエロ作『大公の聖母』がプリントされたクリアファイル。長く使っているから絵はだんだんと擦れて透明になりつつある。来週の授業に使う資料を作ることにした。仕事に集中している間はわたしらしく居られる。Bluetoothのスピーカーをスマートフォンに繋ぎ、クラシックを流した。コーヒーを淹《い》れようか迷ってやめておこうと思ったけれど、カバンに入れたヨーグルトを冷蔵庫に入れなければと思い立って、それならばとコーヒーもセットした。大学の給湯室のものとは違う最新式のコーヒーマシン。豆を挽《ひ》くところから全自動でやってくれる。

リビングのソファーに腰を下ろし、コーヒーの出来上がりを待った。こぽこぽという音が聞こえ少しずつコーヒーの香りが増していった。何の気なしにテレビをつける。日付が変わる頃から雨が降るようだった。関東一円に青い傘のマークが揺れている。天気予報を終えるとニュースキャスターが株価や為替レートを伝えて一礼をした。株や為替に関してわたしは一切無知だった。大人として知っておくべきなのだろうと思い始めてから十年以上は経過している。テレビから興味を失い、わたしは目を閉じ、ソファーに横になった。横になって車やビールのＣＭの音を感じながら、コーヒーの香りに意識を向けていた。しばらくして意識は薄く細くなっていき、それに気が付いていても抗《あらが》うことが出来ず、わたしは眠った。身体の力が抜けたのを感じ、そのまま身を委《ゆだ》ねた。

テレビの音が気になり、目を覚ました頃には朝だった。つけっぱなしのテレビに映る朝のニュース。画面の右端に五時十二分と表示されていた。アナウンサーの快活な声に重なって雨粒が辺り一面を叩《たた》く音が聞こえた。予報通りの雨だった。

わたしはとりあえずコーヒーをマグカップに注いだ。眠った自覚があまりなかったからか、行動が昨晩と繋がったままになっているようだった。コーヒーを一口飲んだわたしはやっと冷静になった。風呂にも入らず、歯も磨かず、仕事もせずに眠ってしまったことが悔やまれる。仕事が進まなかったことよりも、自分の決めたスケジュール通りに進行出来なかったことが面白くない。ソファーに残った寝汗の染みがわたしをなじっているような気がした。

今日は水曜日だ。受け持つ授業が一番少ない。三限に講義が一つ。あとは史学科の定例の会議に出席するだけだった。この時期だから、期末テストや成績のつけ方が議題になるだろう。残りの時間はレポートの採点や資料作成、そして自分の研究に充てられる。昨日やり損ねたことを取り返すには十分な時間がある。仕事部屋に戻ると電気も音楽もつけっぱなしになっていた。クラシックの再生を止めたけれど、残った雨音が耳障りで、出来れば消してしまいたかった。手に持ったスマートフォンを見て、わたしはやっと実里を思い出した。LINEの緑をタップする。実里からのメッセージは、『じゃあいってくるね』から変わっていなかった。寝室に向かった。実里がまた裸にナイトキャップで横たわる姿を思い描いて、ドアを静かに開ける。雨雲に濾《こ》された灰色の光が部屋全体に満ちていた。ベッドに実里はいなかった。

いつも四時半にはLINEが入っていたのに、もう五時二十分だ。実里はまだ帰っていない。大学のある駅から二駅ほど先の歓楽街に実里の働くバーはある。実里に電話を掛けた。けれど呼び出し音が繰り返されるだけだった。電子音を何度も聞かされるうちに鼓動が速くなっていくのを感じた。どれだけ長く電話を掛け続けても通話にはならない。諦《あきら》めて電話をこちらから切る。リダイヤルしたけれど結果は同じだった。いつもあれだけ酔って帰ってくるのだから、駅か電車で寝ているのかもしれないと思い、目覚ましになるように掛けた。数度不在着信になって無意味だとしぶしぶ納得した。

　店の名前は前に教えられ記憶していた。店名をスマホで検索して、電話番号を探す。食べログのサイトがヒットして店舗詳細を見ると住所と電話番号が記されていた。その番号に掛けてみる。市外局番から始まる番号だった。さっき聞いた呼び出し音よりリズムが速く聞こえる。けれどいくら待っても繋がることはなかった。

　二度掛けたが、結果は同じだった。実里とも、実里が働くバーとも連絡が取れない。今まで感じたことのない不安があった。わたし以外の男が実里からあのカラフルなワンピースを剝《む》くように脱がしている。そういう場面が頭に浮かんだ。実里は浮気をするような女ではない。分かってはいるけれど、実里は若く美しいし、なにより夜の街で働くには柔和で上品過ぎる。引く手数多《あまた》に違いなかった。実里はいつも誠実だった。わたしに余計な不安や疑いを持たせまいといつだって気遣ってくれた。けれど実里のＬＩＮＥのアイコンは替わっていた。わたし以外の誰かと一緒にトトロのケーキを食べに行ったのだ。もし仮に男だとしても不思議ではない。

　実里が浮気をしている訳がないとわたしは信じている。けれど私が朝起きると横にいる実里はいつも真っ赤だった。わたしほどじゃないにしろ、実里はアルコールに向いた体質ではないはずだ。酔っていれば正常な判断の出来ない間にという可能性も否定しきれない。わたしはどうしたら良いのか。頭の中には何重にも声が響いて、考えは纏まることなく無秩序な錯乱状態に陥った。息苦しさを感じてからやっと、上手く呼吸できていないことに気が付いた。

部屋着からジーンズに穿《は》き替え、パーカーを着た。ポケットにスマートフォンと財布だけを入れた。玄関の傘立てからビニール傘を抜き取って、大雨の中わたしは外に出た。家に留まっていても、出来ることは無い。タクシーに乗ればバーには四十分で着くだろう。バーに行けば実里が居るかもしれないし、居ないとしても何か足取りが摑めるはずだ。

雨はマンションの外廊下を横切るように吹き付けている。マンション前の大通り、左右を見回してもタクシーは近くにいない。駅前のタクシー乗り場に走った。すぐに靴下は濡れ始め、足が重くなった。

乗り場に着いて、一台だけ止まっていたタクシーに乗った。狭い車内に急いで入る。傘から滴る雨水よりもわたしの身体から落ちる水滴の方が多かった。初老の運転手に目的地を伝える。

バーがある最寄駅に向かってタクシーが走り出した。その間にも一度実里のスマートフォンに電話を掛けた。まだ出ない。実里はきっと酔って眠っているとか、意識がない状態なのだろう。そして酔った実里を抱こうとしている男がいるかもしれない。そう考えた後、ふと実里が自らの意志で浮気をすることを何故可能性から消しているのか、分からなくなってきた。実里がわたしの着信をあえて無視して男とホテルに居ることだってあり得る。

セックスレス。そう言われればそうだ。父親が亡くなってから実里は性行為を望んでいないようだった。それは単にわたし以外に相手が居たからだとも考えられる。性行為を望んでいないのではなく、わたしを望んでいないだけであると何故考慮に入れずにいたのか。自分自身が楽観的な愚か者に思えた。十二歳離れている訳だし、わたしとの行為では実里は性欲を満たしきれないのだとしたら。他に好きな若い男が出来たとしたら。どちらもおかしいことでは無い。実里がわたしを選ぶ理由が分からない。元カレは同い年だったと何かの話の流れで聞いた。突然怖くなった。雨の中を走るタクシーは信号につかまることなく順調にビル街をすり抜け目的地に向かっていた。

最寄りの駅に着き、わたしはタクシーを降りた。実里が働くバーの前に着けてもらったつもりが、目の前のビルには牛丼屋、雀荘、マッサージ店が入っているだけだった。地図を表示したスマートフォンを確認する。傘を避けた水滴が画面を撫《な》で、操作を邪魔して鬱陶《うっとう》しい。バーはここから四つ先の角だ。強い風が吹き、風の流れに逆らって向けていた傘の骨がバキッと音を立てて折れた。使い物にならなくなった傘を道端に捨てることも出来ずに持ったまま走った。額に張り付いた前髪が雨水を集めて、顔の上に川のような水の流れを作っていた。濡れた服や靴の不快感を感じている余裕はわたしにはなく、ただ実里が居るかもしれないということだけが動力となってわたしを走らせた。

走ることなど滅多にない。若い時分と違って、肺が酸素を取りこぼしているのが分かる。駅から道順は頭に入れてあった。もうそろそろ着くはずだと思い辺りを見回す。雨水が眼球を射止め、視界が滲んだ。ビルの三階にあるバーを探す。足元への意識が疎かになって水溜りでよろけて転《こ》けた。車が勢いよく通るみたいにわたしが水飛沫を上げて地面に滑り込んだ。身体の前半分は完全に水に浸《つ》かってパーカーに染み込み素肌を冷やした。咄嗟《とっさ》についた右肘《ひじ》が痛む。血が出ているのかどうか、判断するには水気が多すぎる。下は部屋着にしていたTシャツのままだった。アスファルトに這《は》いつくばっても意識はまだビルの三階に向いていた。水溜りに浸かりながら、見上げると実里の働くバーが見えた。わたしが転んだ歩道から車道を挟んだ向かい側。四つん這いで数歩進んでから立ち上がり、信号のない道を横切った。目的のバーだけをカメラの画角がズームするように見ていたから、車が一台走っていることに気付かず飛び出し、大きなクラクションを鳴らされた。けれどとにかくわたしはずっと、実里がいるかもしれないバーだけを目標にしていた。

ビルの入口に入りエレベーターのボタンを押した。八階建てのビルだった。エレベーターはずっと八階で止まったままになっている。外階段を駆け上がった。途中階段に置いてあった灰皿に使われている缶を蹴《け》っ飛ばした。手すりの間を抜けていき、缶が地面に落ちる甲高い音だけが鳴った。ずっと走っていたから自然と半開きになった口に顔を伝った雨水が入ったけれど唾《つば》と一緒に飲んだ。三階に辿《たど》り着き、外階段から建物の中に入る。金属製の大きなドアの上の方に小さく丸い窓が付いていた。中を窺《うかが》う。バーカウンターと棚に並べられた酒瓶が見える。人が多くいる。実里が居るのかは分からなかった。

勢い良くドアを押したが、外開きだった。鈍い衝突音と共にドアベルがちんと鳴った。音の鳴る方に向いた客の目を意に介さず、わたしは力強くドアを引いた。わたしに向かって室内の風が流れた。びしょ濡れの男を視認した客の一人が「おわっ」と声を上げたのが聞こえた。水気を含んだ前髪を右手で撫で付けると視界がクリアになった。風を切るように首ごと目線を店内の左右に振った。わたしの顔から水が飛んだ。バーカウンターの一番奥、声も出せずにこちらを見る実里が居た。

「実里」普通に声を出したつもりだったけれど、走ってきたわたしの声は途切れ途切れになった。

「しゅういちさん」わたしを呼ぶ実里は白いワイシャツにネクタイを締めて黒いベストを着ていた。あのワンピースは着ていなかった。実里が客のいるバーカウンターの後ろを抜けて真っ白いタオルを持ってきた。状況を把握できていないようだった。受け取ったタオルで髪を拭《ふ》くわたしを見て、わたしの名前を何度も呼んだ。秀一《しゅういち》とわたしを呼ぶのは母と実里だけだった。

バーカウンターに立っていた男性が「えっ？　実里ちゃん、彼氏？」と声を上げた。わたしと同い年くらいの落ち着いた髭《ひげ》の生えた紳士だった。実里が「はい、彼氏です」と答えると紳士はグラスに水を注ぎバーカウンターから実里に渡した。実里は水いる？と聞いた。

「大丈夫。結構飲んだ」と答えると紳士は声を出して笑った。天然水だねと紳士が言ったのが聞こえたけれど意味が分からなかった。実里はタオルをもう何枚か持ってきてわたしに被《かぶ》せるように拭いた。

「実里ちゃん、彼氏迎えにきたしもうあがって良いよ」紳士はそう言って実里をバックヤードに促した。実里は下を向いて奥に引っ込んだ。

「ご心配おかけしてすみませんでした。雨宿りにきた常連さんが帰らなくて」紳士が言った。壁にある時計を見るとちょうど六時半だった。

「やっぱりお水を貰っても良いですか」そう伝えると笑顔で水をくれた。「それ、捨てていってくださいね」と言って紳士はわたしの握っていた骨の飛び出たビニール傘を指差した。

黄色いワンピースを着て戻ってきた実里は紳士に何度も頭を下げてから、わたしの横に並んで店を出た。エレベーターに二人で乗って一階に降りた。雨の勢いはだいぶ弱くなっていた。実里は傘にわたしを入れてくれた。あまり近くに寄り添ったから実里のワンピースは色が濃くなってしまっていた。実里はタクシーを止め、先にわたしを乗せた。

「ごめんね、心配かけて」実里はエンジン音に消えそうな声で呟《つぶや》いた。視線はスマートフォンに向けられていた。着信の数に驚いているのだろう。わたしは黙っていようと努めていた。こんな水浸しで店にまで押しかけたのだから、恰好《かっこう》が付かないに決まっていた。

「大学、間に合うの」出会ったばかりのようなたどたどしい会話。しばらく続いた重苦しい沈黙に耐えきれず、話し始めたのはわたしだった。

「浮気してるんじゃないかって思った」胸の内の一番奥にしまっていたはずの言葉が出た。口にした瞬間身体が熱を持つのが分かった。濡れた衣服との境目がひんやりとして裸になったようだった。

「私は浮気しないよ」

「それは分かってはいるけど」会話には流れというものがある。様々な選択肢がある中から何を聞けば良いのか、自分でも分からなくなっていた。

「ＬＩＮＥのアイコンは、なんで替わったの」

「えっ、アイコン？」実里は不思議そうな顔をしていた。

「プロフィール写真のこと？」

「そう、写真。熱海のやつからトトロに替えたでしょ。あれ誰と行ったの」

「誰と行ったか気にしてたの？」

わたしは黙り込んだ。今のわたしはとんでもなく惨《みじ》めに見えるのではと思われたからだ。

「ほら、ねぇ見て。いおりと」実里がわたしに向けたスマートフォン。画面にトトロの頭を崩している相川伊織と実里が写っていた。

「いおりが誘ってくれたの、私が仕事辞めてすぐの時。え待って。これで浮気疑ってたの？」

実里の顔は見ていなかったけれど薄ら笑うような言い方に聞こえた。ちょうどタクシーが止まり、マンションの前に着いたタイミングだった。

濡れたジーンズから財布を取り出そうと少し腰を浮かし、ポケットに手を入れる。けれどわたしが財布を出すより先に実里はクレジットカードを小さなバッグから取り出し、支払いを済ませた。エレベーターの中でわたしはタクシーでの会話をリセットしようと努めたけれど、手遅れだった。

玄関に入り、ドアを閉める。濡れた服でフローリングを歩きたくないわたしは、玄関で身体に張り付く衣服を脱ごうともがいていた。

「しゅういちさん、そんなに浮気疑ってたの」

「だって話す時間も無かったろ」わたしは開き直って怒気を声に滲ませた。精一杯の抵抗だった。わたしはTシャツとパンツ、そして靴下だけの姿だった。

「二人で過ごす時間なかったもんね、ごめん」素直に謝られたことで、怒気は涙になってしまった。

「だってさ、怖いよ。急にバーで働かれたら。いつも酔って帰ってくるし」

「お客さんが一杯くれたら、そりゃ飲むよ」

「急にワンピースだって買ったでしょ」

「夜の繁華街で普通の恰好してたらナンパされるから、それっぽい服着た方が良いの」

わたしは実里に次々と論破された。けれどもはや、みっともないとさえ思わなかった。


「もう、バーで働くの辞めて欲しい?」実里はわたしに聞いた。笑顔だった。わたしと実里の上下関係が変わってしまうような気がした。実里はその瞬間を楽しみに待っているような笑顔だった。けれどわたしの心は軽くなっていた。

「辞めて欲しい。だって」泣きじゃくる子どもみたいな声だったように思う。

「好きだから」わたしは付け足して言った。好きと口に出したのははじめてかもしれない。敗北感。不思議とすがすがしい。もう雨はあがっているはずだ。

初出

「遺影」
「小説 野性時代」2022年8月号

「アクアリウム」
カクヨム

「焼け石」
「小説 野性時代」2023年2月号

「テトロドトキシン」
「小説 野性時代」2022年10月号

「濡れ鼠」(「虚栄心の鎧」改題)
「小説 野性時代」2022年12月号

単行本化にあたり、
加筆修正を行いました。

ニシダ

1994年7月24日生まれ、
山口県宇部市出身。
2014年、サーヤとともに
お笑いコンビ「ラランド」を結成。
本書が初の著書となる。

装画
noa1008

装丁
池田進吾
(next door design)

不《ぶ》器《き》用《よう》で

2023年 7 月24日　初版発行
2023年10月20日　3 版発行

著　者　ニシダ

発行者　山下直久

発　行　株式会社KADOKAWA
〒102-8177　東京都千代田区富士見2-13-3
電話 0570-002-301（ナビダイヤル）

印刷所　大日本印刷株式会社

製本所　本間製本株式会社

●お問い合わせ
https://www.kadokawa.co.jp/
（「お問い合わせ」へお進みください）
※内容によっては、お答えできない場合があります。
※サポートは日本国内のみとさせていただきます。
※ Japanese text only

定価はカバーに表示してあります。

ISBN 978-4-04-113113-8 C0093